KB117127

내가 사랑하는 사람

내가 사랑하는 사람

정호승 시선집

1판 1쇄 발행 2021년 7월 30일 **1판 6쇄 발행** 2023년 12월 29일

지은이 정호승
펴낸이 고세규
편집 이승희 **디자인** 정윤수
마케팅 이헌영 **홍보** 이혜진
발행처 김영사
주소 경기도 파주시 문발로 197(문발동) 우편번호10881
등록 1979년 5월 17일(제406-2003-036호)
구입 문의 전화 031)955-3100 **팩스** 031)955-3111
편집부 전화 02)3668-3290 **팩스** 02)745-4827 **전자우편** literature@gimmyoung.com
비채 블로그 blog.naver.com/viche_books
인스타그램 @drviche @viche_editors **트위터** @vichebook
ISBN 978-89-349-0055-9 03810 책값은 뒤표지에 있습니다.

비채는 김영사의 문학 브랜드입니다.

내가 사랑하는 사람

정호승 시선집

비채

이 시집을 돌아가신 부모님께 바칩니다

©조준우

시인의 말

나를 떠나버린 시들을 불러 모아 몇 날 며칠 어루만져보다가
다시 세상 밖으로 떠나보낸다.
나무 밑에 있다가 새똥이 내 눈에 들어가 그만 장님이 된 심정이다.

시는 쓴 사람의 것이 아니고 읽는 사람의 것이다.
시는 어느 한 사람을 위한 것이 아니고 만인을 위한 것이다.

마더 테레사 수녀님께서는 '모든 인간에게서 신을 본다'고 하셨다. 나
는 그 말씀에 기대어 모든 인간에게서 시를 본다.

사람은 누구나 시인이다.
사람의 가슴속에는 누구나 시가 가득 들어 있다.
그 시를 내가 대신해서 쓸 뿐이다.

잘 가라.
고통이 인간적인 것이라면 시도 인간적인 것이겠지.

시집에도 슬픈 운명이 있어 '김영사 비채'에서
다시 개정증보판을 내는 기쁨은 크다.

2021년 여름
정호승

차 례

제6부

해설

내가 사랑하는 사람은

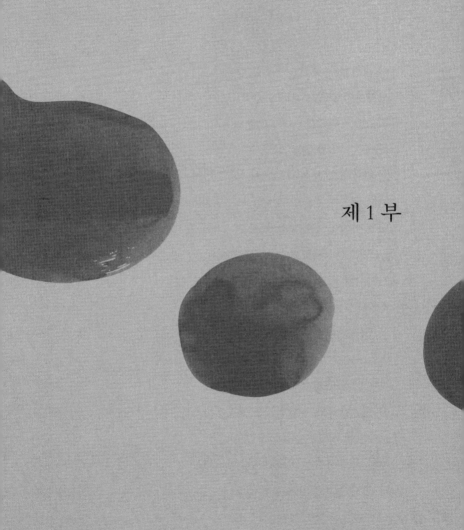

제 1 부

슬픔이 기쁨에게

나는 이제 너에게도 슬픔을 주겠다
사랑보다 소중한 슬픔을 주겠다
겨울밤 거리에서 귤 몇 개 놓고
살아온 추위와 떨고 있는 할머니에게
귤값을 깎으면서 기뻐하던 너를 위하여
나는 슬픔의 평등한 얼굴을 보여주겠다
내가 어둠 속에서 너를 부를 때
단 한번도 평등하게 웃어주질 않은
가마니에 덮인 동사자가 다시 얼어죽을 때
가마니 한 장조차 덮어주지 않은
무관심한 너의 사랑을 위해
흘릴 줄 모르는 너의 눈물을 위해
나는 이제 너에게도 기다림을 주겠다
이 세상에 내리던 함박눈을 멈추겠다
보리밭에 내리던 봄눈들을 데리고
추워 떠는 사람들의 슬픔에게 다녀와서
눈 그친 눈길을 너와 함께 걷겠다

슬픔의 힘에 대한 이야기를 하며
기다림의 슬픔까지 걸어가겠다

슬픔으로 가는 길

내 진실로 슬픔을 사랑하는 사람으로
슬픔으로 가는 저녁 들길에 섰다
낯선 새 한 마리 길 끝으로 사라지고
길가에 핀 풀꽃들이 바람에 흔들리는데
내 진실로 슬픔을 어루만지는 사람으로
지는 저녁해를 바라보며
슬픔으로 걸어가는 들길을 걸었다
기다려도 오지 않는 사람을 기다리는 사람 하나
슬픔을 앞세우고 내 앞을 지나가고
어디선가 갈나무 지는 잎새 하나
슬픔을 버리고 나를 따른다
내 진실로 슬픔으로 가는 길을 걷는 사람으로
끝없이 걸어가다 뒤돌아보면
인생을 내려놓고 사람들이 저녁놀에 파묻히고
세상에서 가장 아름다운 사람 하나 만나기 위해
나는 다시 슬픔으로 가는 저녁 들길에 섰다

구두 닦는 소년

구두를 닦으며 별을 닦는다
구두통에 새벽별 가득 따 담고
별을 잃은 사람들에게
하나씩 골고루 나눠주기 위해
구두를 닦으며 별을 닦는다
하루내 길바닥에 홀로 앉아서
사람들 발 아래 짓밟혀 나뒹구는
지난밤 별똥별도 주워서 담고
하늘 숨은 낮별도 꺼내 담는다
이 세상 별빛 한손에 모아
어머니 아침마다 거울을 닦듯
구두 닦는 사람들 목숨 닦는다
목숨 위에 내려앉은 먼지 닦는다
저녁별 가득 든 구두통 메고
겨울밤 골목길 걸어서 가면
사람들은 하나씩 별을 안고 돌아가고
발자국에 고이는 별바람 소리 따라
가랑잎 같은 손만 굴러서 간다

파도타기

눈 내리는 겨울밤이 깊어갈수록
눈 맞으며 파도 위를 걸어서 간다
쓰러질수록 파도에 몸을 던지며
가라앉을수록 눈사람으로 솟아오르며
이 세상을 위하여 울고 있던 사람들이
또 이 세상 어디론가 끌려가는 겨울밤에
굳어버린 파도에 길을 내며 간다
먼 산길 짚신 가듯 바다에 누워
넘쳐버릴 파도에 푸성귀로 누워
서러울수록 봄눈을 기다리며 간다
다정큼나무숲 사이로 보이던 바다 밖으로
지난가을 산국화도 몸을 던지고
칼을 들어 파도를 자를 자 저물었나니
단 한번 인간에 다다르기 위해
살아갈수록 눈 내리는 파도를 탄다
괴로울수록 홀로 넘칠 파도를 탄다
어머니 손톱 같은 봄눈 오는 바다 위로

솟구쳤다 사라지는 우리들의 발
사라졌다 솟구치는 우리들의 생(生)

맹인 부부 가수

눈 내려 어두워서 길을 잃었네

갈 길은 멀고 길을 잃었네

눈사람도 없는 겨울밤 이 거리를

찾아오는 사람 없어 노래 부르니

눈 맞으며 세상 밖을 돌아가는 사람들뿐

등에 업은 아기의 울음소리를 달래며

갈 길은 먼데 함박눈은 내리는데

사랑할 수 없는 것을 사랑하기 위하여

용서받을 수 없는 것을 용서하기 위하여

눈사람을 기다리며 노랠 부르네

세상 모든 기다림의 노랠 부르네

눈 맞으며 어둠 속을 떨며 가는 사람들을

노래가 길이 되어 앞질러가고

돌아올 길 없는 눈길 앞질러가고

아름다움이 이 세상을 건질 때까지

절망에서 즐거움이 찾아올 때까지

함박눈은 내리는데 갈 길은 먼데

무관심을 사랑하는 노랠 부르며

눈사람을 기다리는 노랠 부르며
이 겨울 밤거리의 눈사람이 되었네
봄이 와도 녹지 않을 눈사람이 되었네

혼혈아에게

너의 고향은 아가야
아메리카가 아니다
네 아버지가 매섭게 총을 겨누고
어머니를 쓰러뜨리던 질겁하던 수수밭이다
찢어진 옷고름만 홀로 남아 흐느끼던 논둑길이다
지뢰들이 숨죽이며 숨어 있던 모래밭
탱크가 지나간 날의 흙구덩이 속이다

울지 마라 아가야 울지 마라 아가야
누가 널더러
우리의 동족이 아니라고 그러더냐
자유를 위하며 이다지도 이렇게
울지도 피 흘리지도 않은 자들이
아가야 너의 동족이 아니다
한국의 가을하늘이 아름답다고
고궁을 나오면서 손짓하는 저 사람들이
아가야 너의 동족이 아니다

초승달 움켜쥐고 키 큰 병사들이
병든 네 엄마 방을 찾아올 때마다
너의 손을 이끌고 강가로 나가시던 할머니에게
너는 이제 더 이상
묻지 마라 아가야
그리울 수 없는 네 아버지의 모습을
꼭 돌아온다던 네 아버지의 거짓말을
묻지 마라 아가야

전쟁은 가고
나룻배에 피난민을 실어나르던
그 늙은 뱃사공은 어디 갔을까
학도병 따라가던 가랑잎같이
떠나려는 아가야 우리들의 아가야
너의 조국은 아프리카가 아니다
적삼 댕기 흔들리던 철조망 너머로
치솟아오르던 종다리의 품속이다

눈사람

사람들이 잠든 새벽거리에
가슴에 칼을 품은 눈사람 하나
그친 눈을 맞으며 서 있습니다
품은 칼을 꺼내어 눈에 대고 갈면서
먼 별빛 하나 불러와 칼날에다 새기고
다시 칼을 품으며 울었습니다
용기 잃은 사람들의 길을 위하여
모든 인간의 추억을 흔들며 울었습니다

눈사람이 흘린 눈물을 보았습니까?
자신의 눈물로 온몸을 녹이며
인간의 희망을 만드는 눈사람을 보았습니까?
그친 눈을 맞으며 사람들을 찾아가다
가장 먼저 일어난 새벽 어느 인간에게
강간당한 눈사람을 보았습니까?

사람들이 오가는 눈부신 아침거리
웬일인지 눈사람 하나 쓰러져 있습니다

햇살에 드러난 눈사람의 칼을
사람들은 모두 다 피해서 가고
새벽 별빛 찾아나선 어느 한 소년만이
칼을 집어 품에 넣고 걸어갑니다
어디선가 눈사람의 봄은 오는데
쓰러진 눈사람의 길 떠납니다

슬픔을 위하여

슬픔을 위하여
슬픔을 이야기하지 말라
오히려 슬픔의 새벽에 관하여 말하라
첫아이를 사산(死産)한 그 여인에 대하여 기도하고
불빛 없는 창문을 두드리다 돌아간
그 청년의 애인을 위하여 기도하라
슬픔을 기다리며 사는 사람들의
새벽은 언제나 별들로 가득하다
나는 오늘 새벽, 슬픔으로 가는 길을 홀로 걸으며
평등과 화해에 대하여 기도하다가
슬픔이 눈물이 아니라 칼이라는 것을 알았다
이제 저 새벽별이 질 때까지
슬픔의 상처를 어루만지지 말라
우리가 슬픔을 사랑하기까지는
슬픔이 우리들을 완성하기까지는
슬픔으로 가는 새벽길을 걸으며 기도하라
슬픔의 어머니를 만나 기도하라

눈물꽃

봄이 가면 남쪽 나라 눈물꽃 피네

보리피리 불면 보리꽃 피고

까마귀 울어대면 감자꽃 피더니

봄은 가고 남쪽 나라 눈물꽃 피네

눈물꽃 지고 나면 무슨 꽃 필까

종다리 솟아 날면 장다리꽃 피고

눈물바람 불어대면 진달래꽃 피는데

눈물꽃 지고 나면 무슨 꽃 필까

눈물꽃은 모래꽃 남쪽 나라 꽃

눈물꽃 씨앗 하나 총 맞아 죽어

봄이 가면 남쪽 나라 눈물꽃 피네

슬픔은 누구인가

슬픔을 만나러
쥐똥나무숲으로 가자
우리들 생(生)의 슬픔이 당연하다는
이 분단된 가을을 버리기 위하여
우리들은 서로 가까이
개벼룩풀에 몸을 비비며
흐느끼는 쥐똥나무숲으로 가자
황토물을 바라보며 무릎을 세우고
총탄 뚫린 가슴 사이로 엿보인 풀잎을 헤치고
낙엽과 송충이가 함께 불타는 모습을
바라보며 가을 형제여
무릎으로 걸어가는 우리들의 생(生)
슬픔에 몸을 섞으러 가자
무덤의 흔적이 있었던 자리에 숨어 엎드려
슬픔의 속치마를 찢어 내리고
동란에 나뒹굴던 뼈다귀의 이름
우리들의 이름을 지우러 가자
가을비 오는 날

쓰러지는 군중들을 바라보면
슬픔 속에는 분노가
분노 속에는 용기가 보이지 않으나
이 분단된 가을의 불행을 위하여
가자 가자
개벼룩풀에 온몸을 비비며
슬픔이 비로소 인간의 얼굴을 가지는
쥐똥나무숲으로 가자

서울역에서

함박눈 맞으며 창녀나 될걸
흘린 피 그리운 사내들의 품을 찾아
칼날 같은 이 내 가슴 안겨나볼걸

사랑은 엄살이니까
쫓겨온 그리운 고향이니까
주무시고 가세요 아저씨
아저씨의 삶은 피곤하지 않으세요?

거리의 쓰레기통마다 별빛이 내릴 때
밤목련 지는 소리 홀로 들으며
오늘밤 사는 놈만 불쌍하다 흐느끼는

저 젊은 나그네를 따라가요 아저씨
눈물은 희망이니까
봄밤에 개미 한 마리 죽인 우리들의
통곡은 희망이니까
술집마다 거짓말들만 술 취하는 거리에서

자고 가요 아저씨, 말씀해주세요

우리들은 어디로 가고 있어요?
사람들은 모두 다 산으로 올라가고
남 몰래 동상들만 울고 서 있잖아요

몸파는 여자들만 봄을 기다리도록
동해 위를 촛불 들고 걸어가요 아저씨
슬픔을 사랑할 수 있을 때까지
보리피리 불면서 보리밭길 걸어요

사랑은 절망이니까
절망은 사기이니까
첫눈을 밟으며 창녀나 될걸

꿀벌

네가 나는 곳까지
나는 날지 못한다
너는 집을 떠나서 돌아오지만
나는 집을 떠나면 돌아오지 못한다

네 가슴의 피는 시냇물처럼 흐르고
너의 뼈는 나의 뼈보다 튼튼하다
향기를 먹는 너의 혀는 부드러우나
나의 혀는 모래알만 쏘다닐 뿐이다

너는 우는 아이에게 꿀을 먹이고
가난한 자에게 단꿀을 준다
나는 아직도 아직도
너의 꿀을 만들지 못한다

너는 너의 단 하나 목숨과 바꾸는
무서운 바늘침을 가졌으나
나는 단 한번 내 목숨과 맞바꿀

쓰디쓴 사랑도 가지지 못한다

하늘도 별도 잃지 않는
너는 지난겨울 꽁꽁 언
별 속에 피는 장미를 키우지만
나는 이 땅에
한 그루 꽃나무도 키워보지 못한다

복사꽃 살구꽃 찔레꽃이 지면 우는
너의 눈물은 이제 다디단 꿀이다
나의 눈물도 이제 너의 다디단 꿀이다

저녁이 오면
너는 들녘에서 돌아와
모든 슬픔을 꿀로 만든다

첨성대

할머님 눈물로 첨성대가 되었다
일평생 꺼내보던 손거울 깨뜨리고
소나기 오듯 흘리신 할머니 눈물로
밤이면 나는 홀로 첨성대가 되었다

한 단 한 단 눈물의 화강암이 되었다
할아버지 대피리 밤새 불던 그믐밤
첨성대 꼭 껴안고 눈을 감은 할머니
수놓던 첨성대의 등잔불이 되었다

밤마다 할머니도 첨성대 되어
댕기 댕기 꽃댕기 붉은 댕기 흔들며
별 속으로 달아난 순네를 따라
동짓날 흘린 눈물 북극성이 되었다

싸락눈 같은 별들이 싸락싸락 내려와
첨성대 우물 속에 풍당풍당 빠지고
나는 홀로 빙빙 첨성대를 돌면서

첨성대에 떨어지는 별을 주웠다

별 하나 질 때마다 한방울 떨어지는
할머니 눈물 속 별들의 언덕 위에
버려진 버선 한 짝 남몰래 흐느끼고
붉은 명주 옷고름도 밤새 울었다

여우가 아기 무덤 몰래 하나 파먹고
토함산 별을 따라 산을 내려와
첨성대에 던져놓은 할머니 은비녀에
밤이면 내려앉는 산여우 울음소리

첨성대 창문턱을 날마다 넘나드는
동해바다 별 재우는 잔물결소리
첨성대 앞 푸른 봄길 보리밭길을
빚쟁이 따라가던 송아지 울음소리

빙빙 첨성대를 따라 돌다가

보름달이 첨성대에 내려앉는다
할아버진 대지팡이 첨성대에 기대놓고
온 마을 석등마다 불을 밝힌다

할아버지 첫날밤 켠 촛불을 켜고
첨성대 속으로만 산길 가듯 걸어가서
나는 홀로 별을 보는 일관(日官)이 된다

지게에 별을 지고 머슴은 떠나가고
할머닌 소반에 새벽별 가득 이고
인두로 고이 누빈 베동정 같은
반월성 고갯길을 걸어오신다

단옷날 밤
그네 타고 계림숲을 떠오르면
흰 달빛 모시치마 홀로 선 누님이여

오늘밤 어머니도 첨성댈 낳고

나는 수놓은 할머니의 첨성대가 되었다
할머니 눈물의 화강암이 되었다

개망초꽃

죽은 아기를 업고
전철을 타고 들에 나가
불을 놓았다

한 마리 들짐승이 되어 갈 곳 없이
논둑마다 쏘다니며
마른 풀을 뜯어 모아

죽은 아기 위에
불을 놓았다

겨울새들은 어디로 날아가는 것일까

붉은 산에 해는 걸려
넘어가지 않고

멀리서 동네 아이들이
미친년이라고 떠들어대었다

사람들은 왜
무시래기국 같은 아버지에게
총을 쏘았을까

혁명이란 강이나 풀,
봄눈 내리는 들판 같은 것이었을까

죽은 아기 위에 타오르는
마른 풀을 바라보며

내 가랑이처럼 벗고 드러누운
들길을 걸었다

전철이 지나간 자리에
피다 만 개망초꽃

겨울 소년

별들에게 껌을 팔았다
지게꾼들이 지게 위에 앉아 떨고 있는
서울역에서 서부역으로 가는 육교 위
차가운 수은등 불빛이 선로 위에 빛나는 겨울밤
라면에 만 늦은 저녁밥을 얻어먹고
양동에서 나온 소년
수색으로 가는 밤기차의 기적 소리를 들으며
별들에게 껌을 팔았다
밤늦도록 봉래극장 앞을 서성거리다가
중림동 성당의 종소리를 듣는
겨울 소년

짜장면을 먹으며

짜장면을 먹으며 살아봐야겠다
짜장면보다 검은 밤이 또 올지라도
짜장면을 배달하고 가버린 소년처럼
밤비 오는 골목길을 돌아서 가야겠다
짜장면을 먹으며 나누어 갖던
우리들의 사랑은 밤비에 젖고
젖은 담벼락에 바람처럼 기대어
사람들의 빈 가슴도 밤비에 젖는다
내 한 개 소독저로 부러질지라도
비 젖어 꺼진 등불 흔들리는 이 세상
슬픔을 섞어서 침묵보다 맛있는
짜장면을 먹으며 살아봐야겠다

서대문 하늘

죄 없는 푸른 하늘이었다
술병을 깨어 들고 가을에
너를 찔러 죽이겠다고 날뛰던 사막의 하늘
어머니가 주는 생두부를 먹으며
죄 없는 푸른 가을이었다

죄의 상처를 씻기 위하여 하늘을 보며
눈물을 흘리는 사람이 되기보다
눈물을 기억하는 사람이 되고 싶었다
비 오는 창살 밖을 거닐며
아름다운 눈물의 불씨도 되고 싶었다

데모를 한 친구의 어머니가 울고 간 날이면
때때로 가을비도 내려
홀로 핀 한 송이 들국화를 생각하며
살고 싶은 것은 진정 부끄러움이 아니었다

운명을 사랑한다는 거짓말을 하지 않아도

해는 지고 바람은 불어오고
사막의 하늘이 어두워질 때까지
죄 없는 푸른 별들이었다
죄 없는 푸른 사람이었다

기다리는 편지

서울에도 오랑캐꽃이 피었습니다
쑥부쟁이 문둥이풀 바늘꽃과 함께
피어나도 배가 고픈 오랑캐꽃들이
산동네마다 무더기로 피었습니다
리어카를 세워놓고 병든 아버지는
오랑캐꽃을 바라보며 술을 마시고
물지게를 지고 산비탈을 오르던 소년은
새끼줄에 끼운 연탄을 사들고
노을 지는 산 아래 아파트를 바라보며
오랑캐꽃 한 송이를 꺾었습니다
인생은 풀과 같은 것이라고
가장 중요한 것은 착하게 사는 것이라고
산 위를 오르며 개척교회 전도사는
술 취한 아버지에게 자꾸 말을 걸고
아버지는 오랑캐꽃 더미 속에 파묻혀 말이 없었습니다
오랑캐꽃 잎새마다 밤은 오고
배고픈 사람보다 더 가난한 사람들이
산그늘에 모여 앉아 눈물을 돌로 내려찍는데

가난이 없는 세상을 만들기 위해서는
서로 함께 가난을 나누면 된다는데
산다는 것은 남몰래 울어보는 것인지
밤이 오는 서울의 산동네마다
피다 만 오랑캐꽃들이 울었습니다

마지막 편지

순아 오늘도 에미는 네가 보고 싶어
아픈 몸을 이끌고 역에 나갔다
와닿는 열차의 어느 칸에서고 네가
금방이라도 웃으면서 내릴 것 같아
차마 발길을 못 돌리고 에미는 또 울었다

남들은 다들 배우러 간다는데
원수놈의 돈을 벌어보겠다고
이른 새벽 종짓불 밝혀서 쑥국밥을 먹고
네가 고향을 떠나던 날
웬놈의 진눈깨비는 그렇게 뿌렸는지

처음엔 어느 곳 시다로 있다더니
곧 미싱사 보조가 되어 월급도 올랐다고
좋아라고 보내오던 네 편지
봉투째 부쳐오던 네 월급

이번 구정엔 틀림없이 에미 보러 온다기에

에미는 동네마다 옷장사를 나갔는데
눈 오는 시장바닥을 떠돌면서 기다렸는데
연탄가스에 중독되어 네가 먼저 가다니
이 에미를 남겨두고 네가 먼저 가다니

썰렁한 네 자취방 윗목에는
아직도 빈 라면 봉지가 나뒹구는데
순아 하늘에는 겨울에 무슨 꽃이 피더냐
이 겨울 하늘에도 눈물꽃이 피더냐

컬러텔레비전

컬러텔레비전을 사들고 추석날
고향으로 가는 친구와 밤기차를 탔다
이제 저 마른 땅처럼 버려진 부모님이
앞으로 사시면 얼마나 더 사시겠냐고
컬러텔레비전을 보시면 얼마나 더 보시겠냐고
종이컵에 소주를 부어 마시며 친구는
밤이 깊도록 나에게 잔을 돌렸다
이번 추석엔 꼭 다녀가라는
이제는 너도 장가를 가야 되지 않겠느냐는
주름진 아버지의 편지를 받고 이태 만에
고향으로 가는 밤기차의 차창에 마음을 기대고
나는 왠지 눈앞이 흐려왔다
고구마 넝쿨을 북돋우어 주다가 고개를 들면
고추 모종에 대를 세우고 계시던 아버지
논물을 대시느라 밤샘하신 얼굴이
키가 불쑥 큰 들깻잎 같던 아버지
태풍에 쓰러진 벼포기를 일으켜 세우며
개흙 묻은 하늘을 바라보던 아버지에게

이 가을 빈손으로 찾아가는 나는 누구인가
컬러텔레비전에 기대어 친구는 잠이 들고
꿈속에서도 고향을 만나는지 밤기차는 달리는데
나는 잠이 오지 않았다 어두운 차창 속에서
늙은 어머니가 들밥을 이고
말없이 논두렁으로 나오시는 게 보였다

이 가을 어딘가에

가을이 되자 이혼한 누님은
이 가을 어딘가에 기쁨이 있다고
어느 날 홀트아동복지회에 버려진 아기
선천성 무안구 맹아의 위탁모가 되었다
아기들은 언제나 가랑잎처럼
또 다른 나라로 바다 건너 떠나가지만
누님은 해바라기 핀 앞마당에 나가
연탄불을 피워놓고 우유병을 끓이며
눈먼 아기의 가을하늘을 바라보았다
아기들이 울고 싶을 때
울지 못하는 일만큼 비참한 일은 없다고
오히려 아기가 울 때 웃던 누님
나는 왜 어릴 때 가을 냇가에 버려진
아기들을 향하여 돌을 던졌을까
막대기로 신나게 죽은 아기를 찌르며
덮어둔 가마니마저 들쑤셨을까
기저귀를 갈면서 누님의 가을은 지나가고
누님과 내가 툇마루에 앉아

해바라기 씨앗을 까던 그날 저녁
맹인 피아노 조립공인 양부모를 만나러
누님의 눈먼 아기는 미국으로 떠나갔다
그날 아기가 한국의 가을 하늘을 떠나던 날
해바라기 씨앗 하나 아기 손에 쥐어주고
기어이 울지 않던 가을의 누님

고요한 밤 거룩한 밤

눈은 내리지 않았다
강가에는 또다시 죽은 아기가 버려졌다
차마 떨어지지 못하여 밤하늘에 별들은 떠 있었고
사람들은 아무도 서로의 발을 씻어주지 않았다
육교 위에는 아기에게 젖을 물린 여자가 앉아 있었고
두 손을 내민 소년이 지하도에 여전히 엎드려 있었다
바다가 보이는 소년원에 간 소년들은 돌아오지 않고
미혼모 보호소의 철문은 굳게 닫혀 있었다
집 나온 처녀들은 골목마다 담배를 피우며
산부인과 김 과장 이야기로 꽃을 피웠다
돈을 헤아리며 구세군 한 사람이 호텔 앞을 지나가고
적십자사 헌혈차 속으로 한 청년이 끌려갔다
짜장면을 사 먹고 눈을 맞으며 걷고 싶어도
그때까지 눈은 내리지 않았다
전철을 탄 눈먼 사내는 구로역을 지나며
아들의 손을 잡고 하모니카를 불었다
사랑에 굶주린 자들은 굶어 죽어갔으나
아무도 사랑의 나라를 그리워하지 않았다

기다림은 용기라고 말하지 않았다
죽어가는 아들을 등에 업은 한 사내가
열리지 않는 병원 문을 두드리며 울고 있었고
등불을 들고 새벽송을 돌던 교인들이
그 사내를 힐끔 쳐다보고 지나갔다
멀리 개 짖는 소리 들리고
해외 입양 가는 아기들이 울면서 김포공항을 떠나갔다

가을 일기

나는 어젯밤 예수의 아내와 함께 여관잠을 잤다
영등포시장 뒷골목 서울여관 숙박계에
내가 그녀의 주민등록번호를 적어넣었을 때
창밖에는 가을비가 뿌렸다 생맥줏집 이층 서울교회의
네온사인 십자가가 더 붉게 보였다
낙엽과 사람들이 비에 젖으며 노래를 부르고
길 건너 쓰레기를 태우는 모닥불이 꺼져갔다
김밥 있어요 아저씨 오징어나 땅콩 있어요
가을비에 젖은 소년이 다가와 나에게 김밥을 팔았다
김밥을 먹으며 나는 경원극장에서 본 영화
벤허를 이야기했다 비바람이 치면서
예수가 죽을 때 당신은 어디에 있었느냐고 물었다
그녀는 말없이 먹다 남은 김밥을 먹었다
친구를 위하여 내 목숨을 버릴 수 없는 나는
아무래도 예수보다 더 오래 살 것 같아 미안했다
어디선가 호루라기 소리가 들리기 시작하자
곧 차소리가 끊어지고 길은 길이 되었다
바퀴벌레 한 마리가 그녀가 벗어논 속치마 위로 기어갔다

가을에도 씨뿌리는 자가 보고 싶다는

그녀의 마른 젖가슴에 얼굴을 묻으며 불을 껐다

빈 방을 찾는 남녀들의 어지러운 발소리가 들리고

그녀의 야윈 어깨가 가을 빗소리에 떨었다

예수는 조루증이 있어요 처음엔 고자인 줄 알았죠

뜨거운 내 손을 밀쳐내며 그녀는 속삭였다

피임을 해야 해요 인생은 짧으나 피임을 해야 해요

나는 여관 종업원을 불러 날이 새기 전에

우리는 피임을 해야 한다고 분명히 말했다 그러나

돌아오겠다던 종업원은 돌아오지 않고 귀뚜라미만 울었다

가을비에 떨면서 영등포 경찰서로 끌려 들어가는

사람들의 발소리가 계속 들렸다 그때

서울교회의 새벽 종소리가 울려퍼졌다

서울의 예수

1

예수가 낚싯대를 드리우고 한강에 앉아 있다. 강변에 모닥불을
피워놓고 예수가 젖은 옷을 말리고 있다. 들풀들이 날마다 인간의
칼에 찔려 쓰러지고 풀의 꽃과 같은 인간의 꽃 한 송이 피었다 지
는데, 인간이 아름다워지는 것을 보기 위하여, 예수가 겨울비에 젖
으며 서대문 구치소 담벼락에 기대어 울고 있다.

2

술 취한 저녁. 지평선 너머로 예수의 긴 그림자가 넘어간다. 인생
의 찬밥 한 그릇 얻어먹은 예수의 등뒤로 재빨리 초승달 하나 떠오
른다. 고통 속에 넘치는 평화, 눈물 속에 그리운 자유는 있었을까.
서울의 빵과 사랑과, 서울의 빵과 눈물을 생각하며 예수가 홀로 담
배를 피운다. 사람의 이슬로 사라지는 사람을 보며, 사람들이 모래
를 씹으며 잠드는 밤. 낙엽들은 떠나기 위하여 서울에 잠시 머물고,
예수는 절망의 끝으로 걸어간다.

3

목이 마르다. 서울이 잠들기 전에 인간의 꿈이 먼저 잠들어 목이 마르다. 등불을 들고 걷는 자는 어디 있느냐. 서울의 들길은 보이지 않고, 밤마다 잿더미에 주저앉아서 겉옷만 찢으며 우는 자여. 총소리가 들리고 눈이 내리더니, 사랑과 믿음의 깊이 사이로 첫눈이 내리더니, 서울에서 잡힌 돌 하나, 그 어디 던질 데가 없도다. 그리운 사람 다시 그리운 그대들은 나와 함께 술잔을 들라. 눈 내리는 서울의 밤하늘 어디에도 내 잠시 머리 둘 곳이 없나니, 그대들은 나와 함께 술잔을 들라. 술잔을 들고 어둠 속으로 이 세상 칼끝을 피해 가다가, 가슴으로 칼끝에 쓰러진 그대들은 눈 그친 서울밤의 눈길을 걸어가라. 아직 악인의 등불은 꺼지지 않고, 서울의 새벽에 귀를 기울이는 고요한 인간의 귀는 풀잎에 젖어, 목이 마르다. 인간이 잠들기 전에 서울의 꿈이 먼저 잠이 들어 아, 목이 마르다.

4

　사람의 잔을 마시고 싶다. 추억이 아름다운 사람을 만나, 소주잔을 나누며 눈물의 빈대떡을 나눠 먹고 싶다. 꽃잎 하나 칼처럼 떨어지는 봄날에 풀잎을 스치는 사람의 옷자락 소리를 들으며, 마음의 나라보다 사람의 나라에 살고 싶다. 새벽마다 사람의 등불이 꺼지지 않도록 서울의 등잔에 홀로 불을 켜고 가난한 사람의 창에 기대어 서울의 그리움을 그리워하고 싶다.

5

　나를 섬기는 자는 슬프고, 나를 슬퍼하는 자는 슬프다. 나를 위하여 기뻐하는 자는 슬프고, 나를 위하여 슬퍼하는 자는 더욱 슬프다. 나는 내 이웃을 위하여 괴로워하지 않았고, 가난한 자의 별들을 바라보지 않았나니, 내 이름을 간절히 부르는 자들은 불행하고, 내 이름을 간절히 사랑하는 자들은 더욱 불행하다.

밤 지하철을 타고

지하철을 타고 가는 눈 오는 밤에
불행한 사람들은 언제나 불행하다
사랑을 잃고 서울에 살기 위해
지하철을 타고 끝없이 흔들리면
말없이 사람들은 불빛 따라 흔들린다

흔들리며 떠도는 서울밤의 사람들아
밤이 깊어갈수록 새벽은 가까웁고
기다림은 언제나 꿈속에서 오는데
어둠의 꿈을 안고 제각기 돌아가는
서울밤에 눈 내리는 사람들아

흔들리며 서울은 어디로 가는가
내 사랑 어두운 나의 사랑
흔들리며 흔들리며 어디로 가는가
지하철을 타고 가는 눈 오는 이 밤
서서 잠이 든 채로 당신 그리워

국립서울맹학교

저녁을 먹고 선생님과 우리들은
인왕산 느티나무 숲속을 걸어
달빛 아래 모여 서서 달을 보았다

선생님, 달이 밝지요?
저는 저 달을 못 본 지
벌써 오 년이나 되었어요

돼지저금통을 굴려 축구를 하고
진 편이 내는 짜장면을 먹고 자던
기숙사 안방에도
달빛은 거울에 부서지는데

점자로 쓰는
사랑의 편지
점자로 읽는
어머니의 편지

어둠 속에서만 별은 빛나고

마음의 눈이야말로

가장 아름다운 눈이라고

마음의 눈으로 가장 아름다운

별을 바라볼 수 있다고

선생님과 우리들은

달빛 아래 모여 서서 편지를 읽으며

서울 시내 하수구에 빠지는 사람들이

멀쩡히 눈뜬 자들이라고

까르르 웃으며 달만 쳐다보았다

시인예수

그는 모든 사람을
시인이게 하는 시인
사랑하는 자의 노래를 부르는
새벽의 사람
해 뜨는 곳에서 가장 어두운
고요한 기다림의 아들

절벽 위에 길을 내어
길을 걸으면
그는 언제나 길 위의 길
절벽의 길 끝까지 불어오는
사람의 바람

들풀들이 바람에 흔들리는 것을
용서하는 들녘의 노을 끝
사람의 아름다움을 아름다워하는
아름다움의 깊이

날마다 사랑의 바닷가를 거닐며
절망의 물고기를 잡아먹는 그는
이 세상 햇빛이 굳어지기 전에
홀로 켠 인간의 등불

서울 복음

서울의 이름으로 너희에게 평화 있어라
오늘도 쓸쓸한 봄풀을 바라보며
너희는 정성을 다하여 마음을 고요히 하라
서울에는 진정으로
감사의 눈물을 흘리는 자가 아직 없나니
빈 들에 마른 풀 같은 너희는 이제
서울의 이름으로 봄밤을 흔들어 깨우라
목마른 자가 물 마시는 꿈을 꾸다가
새벽에 깨어나서 더욱 목말라 하고
송장메뚜기 한 마리가
온 나라의 들풀을 갉아먹고 혼자 웃나니
사람들의 뜯어먹을 풀 한 포기 없는
서울의 이름으로 너희에게 기다림이 있어라
속는 자와 속이는 자가 다 너희 손 안에 있고
오늘도 늙은 여인은 창가에 기대앉아 울고 있다
너희는 불빛 하나 새지 않는 서울의 창문을 열고
봄밤에 가난한 사람의 눈물을 닦아라
하늘의 별에게 슬픈 일이 생기면

그 해의 첫눈이 내리고

하늘의 별에게 또다시 슬픈 일이 생기면

그 해의 봄눈이 내리나니

사랑할 수 있는 자만이 미워할 수 있고

미워할 수 있는 자만이 사랑할 수 있나니

서울의 이름으로 너희는 서로 사랑하라

서울의 이름으로 너희에게 사랑 있어라

우리들 서울의 빵과 사랑

노래하리라 비 오는 밤마다
우리들 서울의 빵과 사랑
우리들 서울의 전쟁과 평화

인간을 위하여
인간의 꿈조차 지우는 밤이 와서
우리들 함께 자는 여관잠이
밤비에 젖고

찬비 오는 여관밤의 창문 밖으로
또다시 세월이 지나가도
사랑에는 사랑꽃
이별에는 이별꽃을 피우며

노래하리라 비 오는 밤마다
목마를 때 언제나 소금을 주고
배부를 때 언제나 빵을 주는

우리들 서울의 빵과 사랑

우리들 서울의 꿈과 눈물

불빛소리

남대문 직업안내소 창밖에 눈이 내린다
눈보라 속을 가듯 눈보라 속을 가듯
서울역은 어디론가 저 혼자 간다
대합실 돌기둥에 기대어 아이는 잠이 들고
애비는 혼자서 술을 마신다
지금쯤 고향에도 눈이 내릴까
지난 가을 밤하늘에 초승달 걸렸을 때
소 몇 마리 몰고 가던 소몰이꾼은
지금도 소를 몰고 걷고 있을까
흐르면 흐르는 대로 흐르는 나는
남대문 직업안내소 창밖의 눈송이로 내리고
부녀상담소 여직원은 아직 보이지 않는다
이제 막 밤열차에서 내린 사람들이
눈사람이 되어 하늘을 쳐다본다
누가 모든 사람의 눈물을 닦아줄 수 있을까
사람들은 왜 상처를 입는 것일까
하늘의 눈꽃이 다시 피어 시들고

빈 지게 지고 가는 청년 한 사람

성긴 눈발 사이로 들리는 불빛소리

염천교 다리 아래 비는 내리고

염천교 다리 아래 비는 내리고
내 힘으로 배우고 성공하자는
구인광고 벽보판에 겨울비는 내리고
서울역을 서성대던 소년 하나
빗속을 뚫고 홀로 어디로 간다

서울역에 서서히 어둠은 내리는데
서울역전우체국 앞에도 비는 내리는데
아저씨, 어디로 가시는지
신문 한 장 사보세요, 네?
신문팔이 소녀의 목소리는 겨울비에 젖는다

서울역 시계탑 아래에서 만나던 순아
돌아갈 곳 없이 깊어가는 서울밤
사람들의 가슴마다 불이 켜지고
무작정 상경한 소녀는 비에 젖어
어느 남자 손에 이끌려 소리 없이 사라지는데

염천교 다리 아래 비는 내리고
염천교 다리 아래 빈 기차는 지나가고
흔들리는 빈 기차의 흐린 불빛 하나
젖은 내 가슴을 흔들고 지나간다
여관방의 불빛도 비에 젖는데

이별노래

떠나는 그대
조금만 더 늦게 떠나준다면
그대 떠난 뒤에도 내 그대를
사랑하기에 아직 늦지 않으리

그대 떠나는 곳
내 먼저 떠나가서
그대의 뒷모습에 깔리는
노을이 되리니

옷깃을 여미고 어둠 속에서
사람의 집들이 어두워지면
내 그대 위해 노래하는
별이 되리니

떠나는 그대
조금만 더 늦게 떠나준다면

그대 떠난 뒤에도 내 그대를
사랑하기에 아직 늦지 않으리

우리가 어느 별에서

우리가 어느 별에서 만났기에
이토록 서로 그리워하느냐
우리가 어느 별에서 그리워하였기에
이토록 서로 사랑하고 있느냐

사랑이 가난한 사람들이
등불을 들고 거리에 나가
풀은 시들고 꽃은 지는데

우리가 어느 별에서 헤어졌기에
이토록 서로 별빛마다 빛나느냐
우리가 어느 별에서 잠들었기에
이토록 새벽을 흔들어 깨우느냐

해 뜨기 전에
가장 추워하는 그대를 위하여
저문 바닷가에 홀로
사람의 모닥불을 피우는 그대를 위하여

나는 오늘밤 어느 별에서

떠나기 위하여 머물고 있느냐

어느 별의 새벽길을 걷기 위하여

마음의 칼날 아래 떨고 있느냐

아기의 손톱을 깎으며

잠든 아기의 손톱을 깎으며
창밖에 내리는 함박눈을 바라본다
별들도 젖어서 눈송이로 내리고
아기의 손등 위로 내 입술을 포개어
나는 깎여져 나간 아기의
눈송이같이 아름다운 손톱이 된다

아가야 창밖에 함박눈 내리는 날
나는 언제나 누군가를 기다린다
흘러간 일에는 마음을 묶지 말고
불행을 사랑하는 일은 참으로 중요했다
날마다 내 작은 불행으로
남을 괴롭히지는 않아야 했다

서로 사랑하기 위하여 태어난 사람들이
서로 고요한 용기로써
사랑하지 못하는 오늘밤에는 아가야
숨은 저녁해의 긴 그림자를 이끌고

예수가 눈 내리는 미아리고개를 넘어간다

아가야 내 모든 사랑의 마지막 앞에서
너의 자유로운 삶의 손톱을 깎으며
가난한 아버지의 추억을 주지 못하고
아버지가 된 것을 가장 먼저 슬퍼해보지만
나는 지금 너의 맑은 손톱을
사랑으로 깎을 수 있어서 행복하다

밤길에서

이제 날은 저물고
희망 하나가 사람들을 괴롭힌다
밤길을 걷는 자의 옷자락 소리가
서둘러 어둠 속으로 사라지고
오늘도 나는 깨어진 이웃집 창문 앞에서
잔인한 희망의 추억을 두드린다

눈조차 오지 않아 쓸쓸한 오늘밤에도
희망을 가진 사람들은 불행하고
희망을 가지지 않은 사람들은 더 불행하다

풀잎 속에 낮게 낮게 몸을 낮추고
내가 일생을 다하여 슬퍼한 것은
아직 눈물이 남아 있어서가 아니라
아직 희망이 남아 있었기 때문이다

이제 또다시 해는 기울고
희망이 우리를 타락시키는 밤은 깊다

바닷가의 모래 위에
녹아버린 눈길 위에
빵을 뜯어먹으며 사람들이 울고 있다

희망에 굶주린 밤은 오는데
희망은 아침마다 새벽이슬로 젖는데
나는 오늘밤
희망의 추억을 가지고 밤길을 걷는다

희망을 만드는 사람이 되라

이 세상 사람들 모두 잠들고
어둠 속에 갇혀서 꿈조차 잠이 들 때
홀로 일어난 새벽을 두려워 말고
별을 보고 걸어가는 사람이 되라
희망을 만드는 사람이 되라

겨울밤은 깊어서 눈만 내리어
돌아갈 길 없는 오늘 눈 오는 밤도
하루의 일을 끝낸 작업장 부근
촛불도 꺼져가는 어둔 방에서
슬픔을 사랑하는 사람이 되라
희망을 만드는 사람이 되라

절망도 없는 이 절망의 세상
슬픔도 없는 이 슬픔의 세상
사랑하며 살아가면 봄눈이 온다
눈 맞으며 기다리던 기다림 만나
눈 맞으며 그리웁던 그리움 만나

얼씨구나 부둥켜안고 웃어보아라
절씨구나 뺨 부비며 울어보아라

별을 보고 걸어가는 사람이 되어
희망을 만드는 사람이 되어
봄눈 내리는 보리밭길 걷는 자들은
누구든지 달려와서 가슴 가득히
꿈을 받아라
꿈을 받아라

제 2 부

새벽편지

나의 별에는
피가 묻어 있다

죄는 인간의 몫이고
용서는 하늘의 몫이므로

자유의 아름다움을
지키기 위하여

나의 별에는
피가 묻어 있다

새벽편지

죽음보다 괴로운 것은
그리움이었다

사랑도 운명이라고
용기도 운명이라고

홀로 남아 있는
용기가 있어야 한다고

오늘도 내 가엾은 발자국 소리는
네 창가에 머물다 돌아가고

별들도 강물 위에
몸을 던졌다

새벽편지

너의 죽음이 새가 된다면
네 푸른 눈빛이 새가 된다면
별들도 뜨지 않는 저 하늘
저 차디찬 거리의 새가 된다면
시대의 새벽은 멀고
푸른 하늘이 하나씩 무너져 내릴 때
네 울음소리로 가득 찬
이 세상 풀잎마다 새가 된다면
흐르던 강물도 얼고
강물 속에 떨어진 내 눈물도 얼고
이제는 모든 두려움마저 잃어
너의 분노가 새가 된다면
네 푸른 눈빛이 새가 된다면
저 침묵의 거리를 울리는
네 푸른 종소리가 새가 된다면

부치지 않은 편지

풀잎은 쓰러져도 하늘을 보고

꽃 피기는 쉬워도 아름답긴 어려워라

시대의 새벽길 홀로 걷다가

사랑과 죽음의 자유를 만나

언 강바람 속으로 무덤도 없이

세찬 눈보라 속으로 노래도 없이

꽃잎처럼 흘러 흘러 그대 잘 가라

그대 눈물 이제 곧 강물 되리니

그대 사랑 이제 곧 노래 되리니

산을 입에 물고 나는

눈물의 작은 새여

뒤돌아보지 말고 그대 잘 가라

부치지 않은 편지

그대 죽어 별이 되지 않아도 좋다
푸른 강이 없어도 물은 흐르고
밤하늘은 없어도 별은 뜨나니
그대 죽어 별빛으로 빛나지 않아도 좋다
언 땅에 그대 묻고 돌아오던 날
산도 강도 뒤따라와 피울음 울었으나
그대 별의 넋이 되지 않아도 좋다
잎새에 이는 바람이 길을 멈추고
새벽이슬에 새벽하늘이 다 젖었다
우리들 인생도 찬비에 젖고
떠오르던 붉은 해도 다시 지나니
밤마다 인생을 미워하고 잠이 들었던
그대 굳이 인생을 사랑하지 않아도 좋다

꽃다발

최루탄이 나뭇잎을 흔들고 지나갔다
너의 죽음이 비로소 너를 사랑하게 만들고
너의 죽음이 비로소 우리에게 용기를 주던
6월 어느 날 바람 불던 날
하늘에는 검은 구름이 흐르고
붉은 눈물 흘리며 시위대는 흩어지고
푸른 새들의 발자국 소리가 멈춘
명동성당으로 올라가는 언덕길
여기저기 가슴 아픈 돌들이 나뒹구는 길가에
허연 최루가스를 뒤집어쓰고
홀로 울고 있는 꽃다발 하나

산새와 낙엽

최루탄을 쏘자
낙엽들은 흩어졌다

최루탄을 쏘자
산새들은 피를 흘리며 날아갔다

어두운 골목길에 숨어 있던 바람은
군화 발자국 소리를 내며 달려오고

세상에는 한동안
눈이 내리지 않았다

나뭇잎에 햇살이 빛나는
위대한 순간에도

한 사람의 손으로
모든 사람의 눈을 가리는 밤은 깊어

최루탄을 쏘자
낙엽들은 흩어졌다

최루탄을 쏘자
산새들은 또다시 피를 흘렸다

그날의 편지

시위 군중들은 흩어지고
별들도 울고 싶은 밤이 계속되었다
눈이 내리자 길들은 없어지고
눈이 그치자
내 인생도 곧 끝나는 것 같았다
검은 하늘과 강물은 서로 말이 없고
그 누구도 산과 별을 바라볼 수 없었다
죽음 앞에서는 누구나 진실이 두려워
희망을 버리기로 약속한 시간은 계속되었다
햇빛도 없이 물도 없이
나무든 새든 그 어떤 사람이든
살아 돌아오지 않는 밤은 깊어
다시 눈이 내려도
그 누구의 인생도 시작되지 않았다
별들도 침묵하는 밤은 계속되었다

겨울강에서

흔들리지 않는 갈대가 되리
겨울강 강언덕에 눈보라 몰아쳐도
눈보라에 으스스 내 몸이 쓰러져도
흔들리지 않는 갈대가 되리
새들은 날아가 돌아오지 않고
강물은 흘러가 흐느끼지 않아도
끝끝내 흔들리지 않는 갈대가 되어
쓰러지면 일어서는 갈대가 되어
청산이 소리치면 소리쳐 울리

폭풍

폭풍이 지나가기를
기다리는 일은 옳지 않다

폭풍을 두려워하며
폭풍을 바라보는 일은 더욱 옳지 않다

스스로 폭풍이 되어
머리를 풀고 하늘을 뒤흔드는
저 한 그루 나무를 보라

스스로 폭풍이 되어
폭풍 속을 나는
저 한 마리 새를 보라

은사시나뭇잎 사이로
폭풍이 휘몰아치는 밤이 깊어 갈지라도

폭풍이 지나가기를
기다리는 일은 옳지 않다

폭풍이 지나간 들녘에 핀
한 송이 꽃이 되기를
기다리는 일은 더욱 옳지 않다

오늘의 편지

오늘도 한 혁명가를
기다리는 일은 외로운 일이다
오늘도 한 사람의 깨끗한 죽음을
생각하는 일은 외로운 일이다

날이 갈수록 어둠의 발아래 엎드려
사람들은 무덤 밖으로 기어 나와 흐느끼는데
오늘도 겨울 얼음장 밑으로 흐르는
강물소리를 듣는 일은 괴로운 일이다

벗이여, 싸락눈 한 송이 가슴을 때려도
아파하던 네가 그리워
새벽을 데리고 밤길을 달려온
언제나 기차 냄새가 나던 네가 그리워

이 밤이 다가도록
슬픈 사람의 마음을 하고 새들은 날아가는데
나무는 왜 하늘을 향해 서 있고

새벽하늘은 왜 자꾸 무너지는가

오늘도 수갑을 차고 고향으로 가는 자를
바라보는 일은 괴로운 일이다
오늘도 한밤에 홀로
아리랑을 불러보는 일은 외로운 일이다

희망은 아름답다

창은 별이 빛날 때만 창이다
희망은 희망을 가질 때만 희망이다
창은 길이 보이고 바람이 불 때만 아름답다
희망은 결코 희망을 잃지 않을 때만 아름답다
나그네여, 그래도 이 절망과 어둠 속에서
창을 열고 별을 노래하는 슬픈 사람이 있다
고통은 인내를 낳고 인내는 희망을 낳지 않는데
나그네여, 그날 밤 총소리에 쫓기며 길을 잃고
죽음의 산길 타던 나그네여
바다가 있어야만 산은 아름답고
별이 빛나야만 창은 아름답다
희망은 외로움 속의 한 순례자
창은 들의 꽃
바람 부는 대로 피었다 사라지는 한 순례자

첫눈

너에게는 우연이나
나에게는 숙명이다

우리가 죽기 전에 만나는 일이
이 얼마나 아름다우냐

나는 네가 흘렸던
분노의 눈물을 잊지 못하고

너는 가장 높은 나뭇가지 위에 앉아
길 떠나는 나를 내려다본다

또다시 용서해야 할 일과
증오해야 할 일을 위하여

오늘도 기도하는 새의
손등 위에 내린 너

사북을 떠나며

술국을 먹고
어둠 속을 털고 일어나
이제는 어디로 가야 하는 것일까
어린 두 아들의 야윈 손을 잡고
검은 산 검은 강을 건너
이 사슬의 땅 마른 풀섶을 헤치며
이제는 어디로 가야 하는 것일까
산은 갈수록 점점 낮아지고
새벽하늘은 보이지 않는데
사북을 지나고 태백을 지나
철없이 또 봄눈은 내리는구나
아들아 배고파 울던 내 아들아
병든 애비의 보상금을 가로채고
더러운 물 더러운 사랑이 흐르는 곳으로
달아난 네 에미는 돌아오지 않고
날마다 무너지는 하늘 아래
지금은 또 어느 곳
어느 산을 향해 가야 하는 것일까

오늘도 눈물바람은 그치지 않고
석탄과 자갈 사이에서 피어나던
조그만 행복의 꽃은 피어나지 않는데
또다시 불타는 산 하나 만나기 위해
빼앗긴 산 빼앗긴 사랑을 찾아
조그만 술집 희미한 등불 곁에서
새벽 술국을 먹으며 사북을 떠난다
그리운 아버지의 꿈을 위하여
오늘보다 더 낮은 땅을 위하여

검은 민들레

봄은 왔다
다시 서울로 돌아가기에는 너무 늦었다
밤새도록 술상을 두드리던 나무젓가락처럼
청춘은 부러지고
이제 내 마음의 그림자도 너무 늙었다
사람과 사람의 그림자 사이로 날아다니던
새들은 보이지 않고
고한역은 열차도 세우지 않는다
밤새워 내 청바지를 벗기던 광원들은
다 어디로 흘러가 새벽이 되었는지
버력더미에 이슬이 내리는
눈부신 폐광의 아침
진폐증에 걸린 똥개 한 마리가
기침을 하고 지나가는 단란주점 옆
피다 만 검은 민들레의
쓸쓸한 미소

깃발

이제는 내릴 수 없는 너의 얼굴
그토록 눈부시게 푸르른 날에
힘차게 펄럭이지 않고 견딜 수 없는
너의 그리운 얼굴
푸른 하늘에 새로운 길을 내는
그 누구의 죽음도 두려워하지 않는
너의 영원한 얼굴
내 오늘도
너의 푸른 자유의 하늘을 바라볼 수 있다는 것은
그 얼마나 커다란 행복인가
눈물이 많은 나라에서 사랑이 많은 나라로
손에 봄을 들고 뛰어오는
네 사무치게 그립고 푸른 얼굴이여
그날이 올 때까지 영원히
이제는 그 누구의 바람에도 내릴 수 없는
너의 눈부신 자유의 얼굴

전태일(全泰壹)

쓰러진 짚단을 일으켜 세우고
평화시장에서 돌아온 저녁
솔가지를 꺾어 군불을 지피며
솔방울을 한 줌씩 집어던지면
아름다운 국화 송이를 이루며 타오르는 사람
가난하면 가난할수록 하늘과 가까워져
이제는 새벽이슬이 내리는 사람

어느 어머니의 편지

주열아 내 아들아
지금 살아 있으면 마흔이 되었을
보고 싶은 내 아들 주열아
내 나이 딱 마흔 한창일 때 너를 잃은 뒤
봄이 가고 또 봄이 가고
지금은 경기도 시흥 땅 과천
세상 모르는 주공아파트 차가운 벽 속에 갇혀
박대통령 죽던 해에 뇌졸중으로 쓰러진
네 형 광열이의 요강을 들고
올해도 찾아오는 봄을 맞이했구나
네 눈에 박힌 최루탄은
아직도 이 늙은 에미 가슴속에 박혀 있는데
네가 사는 하늘가 민주의 나라
네가 사는 바닷가 평화의 나라에는
민주꽃이 피느냐, 상여꽃이 피느냐
이제사 진달래꽃 피면 무엇하느냐고
이 땅의 젊은 사내 울어 쌓더니
올봄에도 과천 땅에 진달래는 피는구나

주열아, 보고 싶은 내 새끼야

아들 잃고 영감 잃고 살림마저 망해 버린

에민 이제 4월의 어머니가 아니야

너는 민주의 꽃, 4월의 눈물

에미는 먼 산 아지랑이만 바라보며

4 · 19 때 배운 담배만 피워 문다

아이고, 마산 시민들 다 들어 보소

우리 주열이 우리 아들

온달 같은 내 새끼 반달 같은 내 새끼

좀 찾아 주소 제발 좀 찾아 주소

실성하듯 울부짖던 그 날이 올 때마다

팔령재 너머 남원 땅 우비산 기슭

4월의 언 땅 위에 너를 묻은 뒤

네 무덤가에 쭈그리고 앉아 찍은

빛바랜 사진 한 장 들여다보면

이제는 에미의 눈물도 말랐구나

마산시장 저놈 죽이고 나 죽을라요

부둣가 다리 밑 나무숲 골목마다

마산 앞바다 물이라도 다 퍼 올려

너를 찾아 헤매던 그날 그때

에미는 평생 흘릴 눈물을 다 흘렸구나

그래, 주열아 내 새끼야

합포만 바다 속이 그 얼마나 추웠느냐

최루탄 박혀 울던 네 맑은 눈동자

이제는 아프지 않단 말이냐

밤 소나기 쏟아지던 4월의 밤

마산에서 남원으로 관도 없이 맨몸으로

팔령재 넘으면서 울지는 않았느냐

너를 실은 지프차가 동네 밖을 돌아갈 때

마지막 가는 네 얼굴 한 번 보지 못하고

바다에서 건져 올린 네 운동화짝만 끌어안고

에미는 울고 또 울었구나

지금도 날 부르는 네 목소리 들리는데

네 사진 가슴에 안고 울며 가던 학생들

네 관에 꽃다발 놓아 주던 그 남원여고생

이제는 널 만난 듯 보고 싶구나

올해도 수유리에 백목련은 피는데
아들아 주열아 내 새끼야
서러운 네 무덤가에도 봄은 오느냐
4월의 푸른 땅 푸른 하늘 위로
혁명처럼 봄은 또 오고 있느냐

작은 기도

누구나 사랑 때문에
스스로 가난한 자가 되게 하소서
누구나 그리운 사립문을 열고
어머니의 이름을 부르게 하소서
하늘과 별과 바람과
땅의 사랑과 자유를 노래하고
말할 때와 침묵할 때와
그 침묵의 눈물을 생각하면서
우리의 작은 빈손 위에
푸른 햇살이 내려와 앉게 하소서
가난한 자마다 은방울꽃으로 피어나
우리나라 온 들녘을 덮게 하시고
진실을 은폐하는 일보다
더 큰 죄를 짓지 않게 하소서

삶

사람들은 때때로
수평선이 될 때가 있다

사람들은 때때로
수평선 밖으로 뛰어내릴 때가 있다

밤이 지나지 않고 새벽이 올 때
어머니를 땅에 묻고 산을 내려올 때

스스로 사랑이라고 부르던 것들이
모든 증오일 때

사람들은 때때로
수평선 밖으로 뛰어내린다

별들은 따뜻하다

하늘에는 눈이 있다
두려워할 것은 없다
캄캄한 겨울
눈 내린 보리밭길을 걸어가다가
새벽이 지나지 않고 밤이 올 때
내 가난의 하늘 위로 떠오른
별들은 따뜻하다

나에게
진리의 때는 이미 늦었으나
내가 용서라고 부르던 것들은
모든 거짓이었으나
북풍이 지나간 새벽거리를 걸으며
새벽이 지나지 않고 또 밤이 올 때
내 죽음의 하늘 위로 떠오른
별들은 따뜻하다

강변역에서

너를 기다리다가

오늘 하루도 마지막 날처럼 지나갔다

너를 기다리다가

사랑도 인생이라는 것을 깨닫지 못했다

바람은 불고 강물은 흐르고

어느새 강변의 불빛마저 꺼져버린 뒤

너를 기다리다가

열차는 또다시 내 가슴 위로 소리없이 지나갔다

우리가 만남이라고 불렀던

첫눈 내리는 강변역에서

내가 아직도 너를 기다리고 있는 것은

나의 운명보다 언제나

너의 운명을 더 슬퍼하기 때문이다

그 언젠가 겨울산에서

저녁별들이 흘리는 눈물을 보며

우리가 사랑이라고 불렀던

바람 부는 강변역에서

나는 오늘도

우리가 물결처럼

다시 만나야 할 날들을 생각했다

임진강에서

아버지 이제 그만 돌아가세요
임진강 샛강가로 저를 찾지 마세요
찬 강바람이 아버지의 야윈 옷깃을 스치면
오히려 제 가슴이 춥고 서럽습니다
가난한 아버지의 작은 볏단 같았던
저는 결코 눈물 흘리지 않았으므로
아버지 이제 그만 발걸음을 돌리세요
삶이란 마침내 강물 같은 것이라고
강물 위에 부서지는 햇살 같은 것이라고
아버지도 저만치 강물이 되어
뒤돌아보지 말고 흘러가세요
이곳에도 그리움 때문에 꽃은 피고
기다리는 자의 새벽도 밝아옵니다
길 잃은 임진강의 왜가리들은
더 따뜻한 곳을 찾아 길을 떠나고
길을 기다리는 자의 새벽길 되어
어둠의 그림자로 햇살이 되어
저도 이제 어디론가 길 떠납니다

찬 겨울 밤하늘에 초승달 뜨고
초승달 비껴가며 흰 기러기떼 날면
그 어디쯤 제가 있다고 생각하세요
오늘도 샛강가로 저를 찾으신
강가에 얼어붙은 검불 같은 아버지

가을꽃

이제는 지는 꽃이 아름답구나
언제나 너는 오지 않고 가고
눈물도 없는 강가에 서면
이제는 지는 꽃도 눈부시구나

진리에 굶주린 사내 하나
빈 소주병을 들고 서 있던 거리에도
종소리처럼 낙엽은 떨어지고
황국(黃菊)도 꽃을 떨고 뿌리를 내리나니

그동안 나를 이긴 것은 사랑이었다고
눈물이 아니라 사랑이었다고
물 깊은 밤 차가운 땅에서
다시는 헤어지지 말자 꽃이여

백두산을 오르며

백두산에 도착하자 눈이 내리기 시작했다
흰 자작나무 사이로
외롭게 걸려 있던 낮달은 어느새 사라지고
잣까마귀들이 떼지어 날던 하늘 사이로
서서히 함박눈은 퍼붓기 시작했다
바람은 점점 어두워지고
멀리 백두폭포를 뒤로 하고
우리들은 말없이 천지를 향해 길을 떠났다
눈 속에 핀 흰 두견화를 만날 때마다
사랑한다 사랑한다고 속삭이며
우리들은 저마다 하나씩 백두산이 되어갔다
눈보라가 장백송 나뭇가지를 후려 꺾는 풍구(風口)에서
마침내 운명을 사랑하는 사람이 되는 일은 어려운 일이었다
올라갈수록 더 이상 올라갈 수 없는
내려갈수록 더 이상 내려갈 수 없는
눈보라치는 백두산을 오르며
우리들은 다시 천지처럼
함께 살아가야 할 날들을 생각했다

휴전선에서

하늘이 무너질 때까지 너를 기다렸다
눈부시게 밝은 햇살 아래 엎드려
하늘이 무너지고 눈이 내릴 때까지
너를 사랑했다

눈물 없이 꽃을 바라볼 수 없고
눈물 없이 별들을 바라볼 수 없어
흩어졌던 산안개가 다시 흩어질 때까지
죽어서 사는 길만 걸어서 왔다

녹슨 철조망 사이로
청둥오리 떼들은 말없이 날아갔다 돌아오고
산과 산은 이어지고
강과 강은 흘러 흘러

누가 내 가슴 속
푸른 하늘을 빼앗아갔을지라도

사랑할 때와 죽을 때에

별들을 조용히 흔들어보았다

종이배

내가 생각한 전쟁 속에는 북한 소년이 띄운 종이배 하나 흐르고 있습니다. 아들의 마지막 눈빛이라도 찾기 위하여 이 산 저 산 주검 속을 헤매다가 그대로 산이 되신 어머니의 눈물강을 따라, 소년의 종이배가 남쪽으로 흐릅니다.

초가지붕 위로 떠오르던 눈썹달도 버리고, 한마리 물새도 뒤쫓지 않는, 돌아오지 않을 길을 종이배는 떠납니다. 빠른 물살을 헤치며 가랑잎들에게, 햇빛을 햇빛, 슬픔을 슬픔이라 말하는, 어머니의 고향으로 돌아가자 속삭이며, 뱃길을 찾아 기우뚱기우뚱 전쟁과 평화를 싣고, 어제 내린 비안개를 뚫고 갑니다.

녹슨 철로 위에 뻐꾸기 울음 부서지는 이름 모를 능선과 골짝을 지나, 피난민들이 몰려가던 논두렁, 대바구니 속에 버려져 울던 갓난아기의 울음소리와 총 맞은 풀벌레들의 신음 소리를 들으며, 눈물 냄새 묻어나는 휴전선을 지나, 무관심을 나누며 평화로운 사람들의 가슴속을 돌아, 종이배는 우리들의 마음에 와닿았습니다.

햇빛 나는 마을마다 사람들이 모두 나와 손을 흔들고, 종이배는 어머니를 불러봅니다. 반짝이는 강물 따라 아이들이 반짝이며 신나게 기쁨의 팔매질을 하면, 햇살같이 나는 조약돌이 종이배에 내려앉고, 종이배는 강물 속 깊이깊이 흐르며, 또 한번 어머니를 불러봅니다.

어머니. 내가 생각한 평화로운 전쟁 속에 가을이 오면, 해마다 우리나라의 소년들은 종이배를 띄웁니다. 모든 인간의 눈물을 닦아줄 한 소년을 태우고, 종이배는 머나먼 바다로 길 떠납니다.

윤동주 무덤 앞에서

이제는 조국이 울어야 할 때다
어제는 조국을 위하여
한 시인이 눈물을 흘렸으므로
이제는 한 시인을 위하여
조국의 마른 잎새들이 울어야 할 때다

이제는 조국이 목숨을 버려야 할 때다
어제는 조국을 위하며
한 시인이 목숨을 버렸으므로
이제는 한 젊은 시인을 위하여
조국의 하늘과 바람과 별들이
목숨을 버려야 할 때다

죽어서 사는 길을 홀로 걸어간
잎새에 이는 바람에도 괴로웠던 사나이
무덤조차 한 점 부끄럼 없는
죽어가는 모든 것을 사랑했던 사나이

오늘은 북간도 찬 바람결에 서걱이다가
잠시 마른 풀잎으로 누웠다 일어나느니
저 푸른 겨울하늘 아래
한 송이 무덤으로 피어난 아름다움을 위하여
한 줄기 해란강은 말없이 흐른다

천지(天池)에서

바람도 숨을 거두고
하늘도 마지막 숨을 거둔다
하늘보다 더 큰 하늘이 내려앉은
천지의 수면 위로
북한땅 흰 구름떼들이 몰려 지나간다

빤히 건너다보이는 병사봉(兵使峰)
핏줄이 흐르는 안개를 헤치고
북조선 초소 쪽으로 가는 길 앞에서
나는 어쩔 수 없이 발을 멈춘다

천지의 하늘을 가르며 칼새들만이
북한땅 천지 쪽으로 날아가고
침묵의 침묵으로 깎아 드리운 절벽 끝에서
나는 한 개 작은 바위가 되어
북한땅 백두산을 바라본다

백두산 흰눈 속에

한 송이 두견화로 피어 있는 그대

천지 물가에 말없이 앉아

노란 바위구절초 한 송이로 피어 있는 그대

백두산

백두산은 울고 있었다. 밤이 깊어갈수록 잠을 못 이루고 두만강을 따라 몇 번씩 몸을 뒤채이다가 온몸에 흰눈을 뒤집어쓴 채 백두산은 남으로 가고 있었다.

봄이 오기를 기다리며 우리의 사랑이 언젠가 다시 이루어질 것을 믿으며 두만강을 건너 묘향산을 지나 백두산은 한라산을 만나러 가고 있었다.

하늘을 찌를 듯이 서 있던 미인송들도 어깨의 눈을 털고 백두산을 따라가고 멀리 흰 비단폭을 펼친 듯 흐르던 백두폭포도 말없이 백두산을 따라가고 있었다.

백두산 사슴떼들도 자작나무도 장백패랭이꽃도 바위종달새도 백두산을 따라가고 백두산이 한번씩 발을 쿵쿵 내디딜 때마다 천지의 푸른 물이 출렁거렸다.

그러나 그날 새벽 먼동이 틀 무렵, 백두산은 휴전선 앞에서 울고 있었다. 하늘 끝도 갈라진 휴전선을 뛰어넘다가 무릎을 꺾고 쓰러지고 말았다. 천지의 물은 그대로 쏟아져 평양과 서울을 휩쓸고 지나갔다.

북한강에서

너를 보내고 나니 눈물 난다

다시는 만날 수 없는 날이 올 것만 같다

만나야 할 때에 서로 헤어지고

사랑해야 할 때에 서로 죽여버린

너를 보내고 나니 꽃이 진다

사는 날까지 살아보겠다고

기다리는 날까지 기다려 보겠다고

돌아갈 수 없는 저녁 강가에 서서

너를 보내고 나니 해가 진다

두 번 다시 만날 날이 없을 것 같은

강 건너 붉은 새가 말없이 사라진다

제 3 부

새

새가 죽었다
참나무 장작으로
다비를 하고 나자
새의 몸에서도 사리가 나왔다
겨울 가야산에
누덕누덕 눈은 내리는데
사리를 친견하려는 사람들이
새떼처럼 몰려왔다

그리운 부석사

사랑하다가 죽어버려라

오죽하면 비로자나불이 손가락에 매달려 앉아 있겠느냐

기다리다가 죽어버려라

오죽하면 아미타불이 모가지를 베어서 베개로 삼겠느냐

새벽이 지나도록

마지(摩旨)를 올리는 쇠종 소리는 울리지 않는데

나는 부석사 당간지주 앞에 평생을 앉아

그대에게 밥 한 그릇 올리지 못하고

눈물 속에 절 하나 지었다 부수네

하늘 나는 돌 위에 절 하나 짓네

미안하다

길이 끝나는 곳에 산이 있었다
산이 끝나는 곳에 길이 있었다
다시 길이 끝나는 곳에 산이 있었다
산이 끝나는 곳에 네가 있었다
무릎과 무릎 사이에 얼굴을 묻고 울고 있었다
미안하다
너를 사랑해서 미안하다

밥 먹는 법

밥상 앞에
무릎을 꿇지 말 것
눈물로 만든 밥보다
모래로 만든 밥을 먼저 먹을 것

무엇보다도
전시된 밥은 먹지 말 것
먹더라도 혼자 먹을 것
아니면 차라리 굶을 것
굶어서 가벼워질 것

때때로
바람 부는 날이면
풀잎을 햇살에 비벼 먹을 것
그래도 배가 고프면
입을 없앨 것

물 위에 쓴 시

　내 천 개의 손 중 단 하나의 손만이 그대의 눈물을 닦아주다가
　내 천 개의 눈 중 단 하나의 눈만이 그대를 위해 눈물을 흘리
다가
　물이 다하고 산이 다하여 길이 없는 밤은 너무 깊어
　달빛이 시퍼렇게 칼을 갈아 가지고 달려와 날카롭게 내 심장을
찔러
　이제는 내 천 개의 손이 그대의 눈물을 닦아줍니다
　내 천 개의 눈이 그대를 위해 눈물을 흘립니다

별똥별

밤의 몽유도원도 속으로 별똥별 하나 진다
몽유도원도 속에 쭈그리고 앉아 울던 사내
천천히 일어나 별똥별을 줍는다
사내여, 그 별을 나를 향해 던져다오
나는 그 별에 맞아 죽고 싶다

봄밤

부활절 날 밤
겸손히 무릎을 꿇고
사람의 발보다
개미의 발을 씻긴다

연탄재가 버려진
달빛 아래
저 골목길

개미가 걸어간 길이
사람이 걸어간 길보다
더 아름답다

봄길

길이 끝나는 곳에서도
길이 있다
길이 끝나는 곳에서도
길이 되는 사람이 있다
스스로 봄길이 되어
끝없이 걸어가는 사람이 있다
강물은 흐르다가 멈추고
새들은 날아가 돌아오지 않고
하늘과 땅 사이의 모든 꽃잎은 흩어져도
보라
사랑이 끝난 곳에서도
사랑으로 남아 있는 사람이 있다
스스로 사랑이 되어
한없이 봄길을 걸어가는 사람이 있다

연어

바다를 떠나 너의 손을 잡는다

사람의 손에게 이렇게

따뜻함을 느껴본 것이 그 얼마 만인가

거친 폭포를 뛰어넘어

강물을 거슬러올라가는 고통이 없었다면

나는 단지 한 마리 물고기에 불과했을 것이다

누구나 먼 곳에 있는 사람을 사랑하기는 쉽지 않다

누구나 가난한 사람을 사랑하기는 쉽지 않다

그동안 바다는 너의 기다림 때문에 항상 깊었다

이제 나는 너에게 가장 가까이 다가가 산란을 하고

죽음이 기다리는 강으로 간다

울지 마라

인생을 눈물로 가득 채우지 마라

사랑하기 때문에 죽음은 아름답다

오늘 내가 꾼 꿈은 네가 꾼 꿈의 그림자일 뿐

너를 사랑하고 죽으러 가는 한낮

숨은 별들이 고개를 내밀고 총총히 우리를 내려다본다

이제 곧 마른 강바닥에 나의 은빛 시체가 떠오르리라

배고픈 별빛들이 오랜만에 나를 포식하고
웃음을 터뜨리며 밤을 밝히리라

폭포 앞에서

이대로 떨어져 죽어도 좋다
떨어져 산산이 흩어져도 좋다
흩어져서 다시 만나 울어도 좋다
울다가 끝내 흘러 사라져도 좋다

끝끝내 흐르지 않는 폭포 앞에서
내가 사랑해야 할 때가 언제인가를
내가 포기해야 할 때가 언제인가를
말할 수 있는 자는 누구인가

나는 이제 증오마저 사랑스럽다
소리 없이 떨어지는 폭포가 되어
눈물 없이 떨어지는 폭포가 되어
머무를 때는 언제나 떠나도 좋고
떠날 때는 언제나 머물러도 좋다

늙은 어머니의 젖가슴을 만지며

늙은 어머니의 젖가슴을 만지며 비가 온다

어머니의 늙은 젖꼭지를 만지며 바람이 분다

비는 하루 종일 그쳤다가 절벽 위에 희디흰 뿌리를 내리고

바람은 평생 동안 불다가 드디어 풀잎 위에 고요히 절벽을 올려

놓는다

나는 배고픈 달팽이처럼 느리게 어머니 젖가슴 위로 기어올라가

운다

사랑은 언제나 어머니를 천만번 죽이는 것과 같이 고통스러웠

으나

때로는 실패한 사랑도 아름다움을 남긴다

사랑에 실패한 아들을 사랑하는 어머니의 늙은 젖가슴

장맛비에 떠내려간 무덤 같은 젖꽃판에 얼굴을 묻고

나는 오늘 단 하루만이라도 포기하고 싶다

뿌리에 흐르는 빗소리가 되어

절벽 위에 부는 바람이 되어

나 자신의 적인 나 자신을

나 자신의 증오인 나 자신을

용서하고 싶다

첫눈

첫눈이 내렸다

퇴근길에 도시락 가방을 들고 눈 내리는 기차역 부근을 서성거렸다

눈송이들은 저마다 기차가 되어 남쪽으로 떠나가고

나는 아무 데도 떠날 데가 없어 나의 기차에서 내려 길을 걸었다

눈은 계속 내렸다

커피 전문점에 들러 커피를 들고 담배를 피웠으나 배가 고팠다

삶 전문점에 들러 생생(生生)라면을 사먹고 전화를 걸었으나 배가 고팠다

삶의 형식에는 기어이 참여하지 않아야 옳았던 것일까

나는 아직도 그 누구의 발 한번 씻어주지 못하고

세상을 기댈 어깨 한번 되어주지 못하고

사랑하는 일보다 사랑하지 않는 일이 더 어려워

삶 전문점 창가에 앉아 눈 내리는 거리를 바라본다

청포장사하던 어머니가 치맛단을 끌고 황급히 지나간다

누가 죽은 춘란을 쓰레기통에 버리고 돌아선다

멀리 첫눈을 뒤집어쓰고 바다에 빠지는 나의 기차가 보인다

헤어질 때 다시 만날 것을 생각한 것은 잘못이었다

미움이 끝난 뒤에도 다시 나를 미워한 것은 잘못이었다

눈은 그쳤다가 눈물버섯처럼 또 내리고

나는 또다시 눈 내리는 기차역 부근을 서성거린다

흐르는 서울역

선운사 동백꽃을 보고 돌아와
서울역은 붉은 벽돌 하나 베고 지친 듯 잠이 든다
나는 프란치스코의 집에 가서 콩나물비빔밥을 얻어먹고 돌아와
잠든 서울역에 라면박스를 깔고 몸을 누인다
잠은 오지 않는다
먹다 남은 소주를 병나발을 불고 나자 찬비가 내린다
동백꽃잎 하나가 빗물을 따라 플랫폼 쪽으로 흐른다
보고 싶은 사람은 흐르는 물과 같이 내버려두어도
언젠가는 만나야 할 곳에서 만나게 되는지
한 미친 여자가 찬비에 떨다가 내게 입을 맞추고 옆에 눕는다
옷을 벗기자 여자의 젖무덤에서도 동백꽃 냄새가 난다
낡은 볼펜으로 이혼신고서를 쓰던 때가 언제이던가
헤어지느니 차라리 그대 옆에 남아 무덤이 되고 싶던 날들은 가고
다시 병나발을 불자 비안개가 몰려온다
안개 속에서 포클레인이 서울역을 끌고 어디로 간다
동백꽃 그림자가 눈에 밟힌다

산을 오르며

내려가자 이제 산은 내려가기 위해서 있다
내려가자 다시는 끝까지 오르지 말자
올라가면 올라갈수록 내려가는 길밖에 없다
춘란도 피고 나면 지고 두견도 낙엽이 지면 그뿐
삭발할 필요는 없다 산은 내려가기 위해서 있다

내려가자 다시는 발자국을 남기지 말자
내려가는 것이 진정 다시 올라오는 일일지라도
내려가자 눈물로 올라온 발자국을 지우자
눈도 내렸다가 그치고 강물도 얼었다가 풀리면 그뿐
내려가기 위해서 우리는 언제나 함께 올라왔다

내려가자 사람은 산을 내려갈 때가 가장 아름답다
산을 내려갈 때를 아는 사람이 가장 아름답다
자유로워지기 위하여 강요당하지 말고
해방되기 위하여 속박당하지 말고
내려가자 북한산에도 사람들은 다 내려갔다

허허바다

찾아가보니 찾아온 곳 없네
돌아와보니 돌아온 곳 없네
다시 떠나가보니 떠나온 곳 없네
살아도 산 것이 없고
죽어도 죽은 것이 없네
해미가 깔린 새벽녘
태풍이 지나간 허허바다에
겨자씨 한 알 떠 있네

허허바다

허허바다에 가면

밀물이 썰물이 되어 떠난 자리에

내가 쓰레기가 되어 버려져 있다

어린 게 한 마리

썩어 문드러진 나를 톡톡 건드리다가

썰물을 끌고 재빨리 모랫구멍 속으로 들어가고

나는 팬티를 벗어 수평선에 걸어놓고

축 늘어진 내 남근을 바라본다

내가 사랑에 실패한 까닭은 무엇인가

내가 나그네가 되지 못한 까닭은 무엇인가

어린 게 한 마리

다시 썰물을 끌고 구멍 밖으로 나와

내 남근을 톡톡 친다

그래 알았다 어린 참게여

나도 이제 옆으로 기어가마 기어가마

축하합니다

이 봄날에 꽃으로 피지 않아
실패하신 분 손 들어보세요
이 겨울날에 눈으로 내리지 않아
실패하신 분 손 들어보세요
괜찮아요, 손 드세요, 손 들어보세요
아, 네, 꽃으로 피어나지 못하신 분 손 드셨군요
바위에 씨 뿌리다가 지치신 분 손 드셨군요
첫눈을 기다리다가 서서 죽으신 분도 손 드셨군요
네, 네, 손 들어주셔서 감사합니다
여러분들의 모든 실패를 축하합니다
천국이 없어 예수가 울고 있는 오늘밤에는
낙타가 바늘구멍으로 들어갔습니다
드디어 희망 없이 열심히 살아갈 희망이 생겼습니다
축하합니다

상처는 스승이다

상처는 스승이다
절벽 위에 뿌리를 내려라
뿌리 있는 쪽으로 나무는 잎을 떨군다
잎은 썩어 뿌리의 끝에 닿는다
나의 뿌리는 나의 절벽이어니
보라
내가 뿌리를 내린 절벽 위에
노란 애기똥풀이 서로 마주앉아 웃으며
똥을 누고 있다
나도 그 옆에 가 똥을 누며 웃음을 나눈다
너의 뿌리가 되기 위하여
예수의 못자국은 보이지 않으나
오늘도 상처에서 흐른 피가
뿌리를 적신다

벗에게 부탁함

벗이여

이제 나를 욕하더라도

올 봄에는

저 새 같은 놈

저 나무 같은 놈이라고 욕을 해다오

봄비가 내리고

먼 산에 진달래가 만발하면

벗이여

이제 나를 욕하더라도

저 꽃 같은 놈

저 봄비 같은 놈이라고 욕을 해다오

나는 때때로 잎보다 먼저 피어나는

꽃 같은 놈이 되고 싶다

미시령

봄날 미시령에
사랑하는 여자
원수 같은 여자가
붉은 치마를 입고 그네를 뛴다

죄 없는 짐승
노루새끼가 놀라 달아나고
파도 한 줄기가 그네를 할퀴고 지나가자

내가 사랑하는 여자
원수 같은 여자
그넷줄을 놓고
동해로 풍덩 빠진다

겨울밤

눈은 내리지 않는다
더 이상 잠들 곳은 없다
망치를 들고 못질은 하지 않고
호두알을 내려친다
박살이 났다
미안하다
나도 내 인생이 박살이 날 줄은 몰랐다
도포자락을 잘라서 내 얼굴에
누가 몽두를 씌울 줄은 정말 몰랐다
여름에 피었던 꽃은 말라서
겨울이 되어도 아름다운데
호두나무여
망치를 들고
나를 다시 내려쳐다오

못

내 그대가 그리워 허공에 못질을 한다
못이 들어가지 않는다
내 그대가 그리워 물 위에 못질을 한다
못이 들어가지 않는다

그는

그는 아무도 나를 사랑하지 않을 때

조용히 나의 창문을 두드리다 돌아간 사람이었다

그는 아무도 나를 위해 기도하지 않을 때

묵묵히 무릎을 꿇고

나를 위해 울며 기도하던 사람이었다

내가 내 더러운 운명의 길가에 서성대다가

드디어 죽음의 순간을 맞이했을 때

그는 가만히 내 곁에 누워 나의 죽음이 된 사람이었다

아무도 나의 주검을 씻어주지 않고

뿔뿔이 흩어져 촛불을 끄고 돌아가버렸을 때

그는 고요히 바다가 되어 나를 씻어준 사람이었다

아무도 사랑하지 않는 자를 사랑하는

기다리기 전에 이미 나를 사랑하고

사랑하기 전에 이미 나를 기다린

사랑한다

밥그릇을 들고 길을 걷는다

목이 말라 손가락으로 강물 위에

사랑한다라고 쓰고 물을 마신다

갑자기 먹구름이 몰리고

몇날 며칠 장대비가 때린다

도도히 황톳물이 흐른다

제비꽃이 아파 고개를 숙인다

비가 그친 뒤

강둑 위에서 제비꽃이 고개를 들고

강물을 내려다본다

젊은 송장 하나가 떠내려오다가

사랑한다

내 글씨에 걸려 떠내려가지 못한다

내가 사랑하는 사람

나는 그늘이 없는 사람을 사랑하지 않는다
나는 그늘을 사랑하지 않는 사람을 사랑하지 않는다
나는 한 그루 나무의 그늘이 된 사람을 사랑한다
햇빛도 그늘이 있어야 맑고 눈이 부시다
나무 그늘에 앉아
나뭇잎 사이로 반짝이는 햇살을 바라보면
세상은 그 얼마나 아름다운가

나는 눈물이 없는 사람을 사랑하지 않는다
나는 눈물을 사랑하지 않는 사람을 사랑하지 않는다
나는 한 방울 눈물이 된 사람을 사랑한다
기쁨도 눈물이 없으면 기쁨이 아니다
사랑도 눈물 없는 사랑이 어디 있는가
나무 그늘에 앉아
다른 사람의 눈물을 닦아주는 사람의 모습은
그 얼마나 고요한 아름다움인가

윤동주의 서시

너의 어깨에 기대고 싶을 때
너의 어깨에 기대어 마음놓고 울어보고 싶을 때
너와 약속한 장소에 내가 먼저 도착해 창가에 앉았을 때
그 창가에 문득 햇살이 눈부실 때

윤동주의 서시를 읽는다
뒤늦게 너의 편지에 번져 있는 눈물을 보았을 때
눈물의 죽음을 이해하지 못하고 기어이 서울을 떠났을 때
새들이 톡톡 안개를 걷어내고 바다를 보여줄 때
장항에서 기차를 타고

가난한 윤동주의 서시를 읽는다
갈참나무 한 그루가 기차처럼 흔들린다
산다는 것은 사랑한다는 것인가
사랑한다는 것은 산다는 것인가

풍경 달다

운주사 와불님을 뵙고
돌아오는 길에
그대 가슴의 처마 끝에
풍경을 달고 돌아왔다
먼데서 바람 불어와
풍경 소리 들리면
보고 싶은 내 마음이
찾아간 줄 알아라

수선화에게

울지 마라
외로우니까 사람이다
살아간다는 것은 외로움을 견디는 일이다
공연히 오지 않는 전화를 기다리지 마라
눈이 오면 눈길을 걸어가고
비가 오면 빗길을 걸어가라
갈대숲에서 가슴검은도요새도 너를 보고 있다
가끔은 하느님도 외로워서 눈물을 흘리신다
새들이 나뭇가지에 앉아 있는 것도 외로움 때문이고
네가 물가에 앉아 있는 것도 외로움 때문이다
산그림자도 외로워서 하루에 한 번씩 마을로 내려온다
종소리도 외로워서 울려퍼진다

달팽이

내 마음은 연약하나 껍질은 단단하다
내 껍질은 연약하나 마음은 단단하다
사람들이 외롭지 않으면 길을 떠나지 않듯이
달팽이도 외롭지 않으면 길을 떠나지 않는다

이제 막 기울기 시작한 달은 차돌같이 차다
나의 길은 어느새 풀잎에 젖어 있다
손에 주전자를 들고 아침 이슬을 밟으며
내가 가야 할 길 앞에서 누가 오고 있다

죄없는 소년이다
소년이 무심코 나를 밟고 간다
아마 아침 이슬인 줄 알았나 보다

달팽이

비가 온다
봄비다
우산도 없이
한참 길을 걷는다
뒤에서 누가
말없이
우산을 받쳐준다
문득 뒤돌아보니
달팽이다

발자국

눈길에 난 발자국만 보아도
서로 사랑한다는 것을 알 수 있다

눈길에 난 발자국만 보아도
서로 사랑하는 사람의 발자국이라는 것을 알 수 있다

남은 발자국들끼리
서로 팔짱을 끼고 걸어가는 것을 보면

남은 발자국들끼리
서로 뜨겁게 한 몸을 이루다가
녹아버리는 것을 보면

눈길에 난 발자국만 보아도
서로 사랑하고 있다는 것을 알 수 있다

남한강

얼어붙은 남한강 한가운데에
나룻배 한 척 떠 있습니다
첫얼음이 얼기 전에 어디론가
멀리 가고파서
제딴에는 먼바다를 생각하다가
그만 얼어붙어버리고 말았습니다
나룻배를 사모하는 남한강 갈대들이
하룻밤 사이에 겨울을 불러들여
아무데도 못 가게 붙들어둔 줄을
나룻배는 저 혼자만 모르고 있습니다

안개꽃

얼마나 착하게 살았으면
얼마나 깨끗하게 살았으면
죽어서도 그대로 피어 있는가
장미는 시들 때 고개를 꺾고
사람은 죽을 때 입을 벌리는데
너는 사는 것과 죽는 것이 똑같구나
세상의 어머니들 돌아가시면
저 모습으로
우리 헤어져도
저 모습으로

고래를 위하여

푸른 바다에 고래가 없으면
푸른 바다가 아니지
마음속에 푸른 바다의
고래 한 마리 키우지 않으면
청년이 아니지

푸른 바다가 고래를 위하여
푸르다는 걸 아직 모르는 사람은
아직 사랑을 모르지

고래도 가끔 수평선 위로 치솟아올라
별을 바라본다
나도 가끔 내 마음속의 고래를 위하여
밤하늘 별들을 바라본다

정동진

밤을 다하여 우리가 태백을 넘어온 까닭은 무엇인가

밤을 다하여 우리가 새벽에 닿은 까닭은 무엇인가

수평선 너머로 우리가 타고 온 기차를 떠나보내고

우리는 각자 가슴을 맞대고 새벽 바다를 바라본다

해가 떠오른다

해는 바다 위로 막 떠오르는 순간에는 바라볼 수 있어도

성큼 떠오르고 나면 눈부셔 바라볼 수가 없다

그렇다

우리가 누가 누구의 해가 될 수 있겠는가

우리는 다만 서로의 햇살이 될 수 있을 뿐

우리는 다만 서로의 파도가 될 수 있을 뿐

누가 누구의 바다가 될 수 있겠는가

바다에 빠진 기차가 다시 일어나 해안선과 나란히 달린다

우리가 지금 다정하게 철길 옆 해변가로 팔짱을 끼고 걷는다
해도

언제까지 함께 팔짱을 끼고 걸을 수 있겠는가

동해를 향해 서 있는 저 소나무를 보라

바다에 한쪽 어깨를 지친 듯이 내어준 저 소나무의 마음을 보라

네가 한때 긴 머리카락을 휘날리며 기대었던 내 어깨처럼 편안

하지 않은가

또다시 해변을 따라 길게 뻗어나간 저 철길을 보라

기차가 밤을 다하여 평생을 달려올 수 있었던 것은

서로 평행을 이루었기 때문이 아니겠는가

우리 굳이 하나가 되기 위하여 노력하기보다

평행을 이루어 우리의 기차를 달리게 해야 한다

기차를 떠나보내고 정동진은 늘 혼자 남는다

우리를 떠나보내고 정동진은 울지 않는다

수평선 너머로 손수건을 흔드는 정동진의 붉은 새벽 바다

어여뻐라 너는 어느새 파도에 젖은 햇살이 되어 있구나

오늘은 착한 갈매기 한 마리가 너를 사랑하기를

개미

달빛 아래 개미들이 기어간다
한평생 잠들지 못한 개미란 개미는 다 강가로 나가
일제히 칼을 간다
저마다 마음의 빈자리에 고이 간직한 칼을 꺼내어
조금도 쉬지 않고 간다
달빛은 푸르다
강물 소리는 들리지 않는다
개미들이 일제히 칼끝을 치켜세우고
자기의 목을 찌른다

우물

길을 가다가 우물을 들여다보았다
누가 낮달을 초승달로 던져놓았다
길을 가다가 다시 우물을 들여다보았다
쑥떡이 든 보따리를 머리에 이고
홀로 기차를 타시는 어머니가 보였다
다시 길을 떠났다가 돌아와 우물을 들여다보았다
평화시장의 흐린 형광등 불빛 아래
미싱을 돌리다 말고
물끄러미 네가 나를 쳐다보고 있었다
나는 너를 만나러 우물에 뛰어들었다
어머니가 보따리를 풀어
쑥떡 몇 개를 건네주셨다
너는 보이지 않고 어디선가
미싱 돌아가는 소리만 들렸다

산낙지를 위하여

신촌 뒷골목에서 술을 먹더라도
이제는 참기름에 무친 산낙지는 먹지 말자
낡은 플라스틱 접시 위에서
산낙지의 잘려진 발들이 꿈틀대는 동안
바다는 얼마나 서러웠겠니
우리가 산낙지의 다리 하나를 입에 넣어
우물우물거리며 씹어 먹는 동안
바다는 또 얼마나 많은
절벽 아래로 뛰어내렸겠니
산낙지의 죽음에도 품위가 필요하다
산낙지는 죽어가면서도 바다를 그리워한다
온몸이 토막토막난 채로
산낙지가 있는 힘을 다해 꿈틀대는 것은
마지막으로 한 번만 더
바다의 어머니를 보려는 것이다

세한도

영등포역 어느 뒷골목에서 봤다고 하고
청량리역 어느 무료급식소에서 봤다고 하는
아버지를 찾아 한겨울 내내
서울을 떠돌다가
동부시립병원 행려병동으로 실려가
하루에도 몇 명씩 죽어나가는 행려병자들을 보고 돌아와
늙은 소나무 한 그루 청정히 눈을 맞고 서 있는
아버지의 텅 빈 방문 앞에 무릎을 꿇고 앉다
바람은 차고 달은 춥다
솔가지에 내린 눈은 더 이상 아무 데도 내릴 데가 없다
젊은 날 모내기를 끝내고 찍은
아버지의 빛바랜 사진 옆에 걸려 있는
세한도 속으로
새 한 마리 날아와 앉아 춥다

절벽에 대한 몇 가지 충고

절벽을 만나거든 그만 절벽이 되라
절벽 아래로 보이는 바다가 되라
절벽 끝에 튼튼하게 뿌리를 뻗은
저 솔가지 끝에 앉은 새들이 되라

절벽을 만나거든 그만 절벽이 되라
기어이 절벽을 기어오르는 저 개미떼가 되라
그 개미떼들이 망망히 바라보는 수평선이 되라

누구나 가슴속에 하나씩 절벽은 있다
언젠가는 기어이 올라가야 할
언젠가는 기어이 내려와야 할
외로운 절벽이 하나씩 있다

나무들의 결혼식

내 한평생 버리고 싶지 않은 소원이 있다면
나무들의 결혼식에 초대받아 낭랑하게
축시 한번 낭송해보는 일이다

내 한평생 끝끝내 이루고 싶은 소망이 있다면
우수가 지난 나무들의 결혼식 날
몰래 보름달로 떠올라
밤새도록 나무들의 첫날밤을 엿보는 일이다

그리하여 내 죽기 전에 다시 한 가지 소원이 있다면
은은히 산사의 종소리가 울리는 봄날 새벽
눈이 맑은 큰스님을 모시고
나무들과 결혼 한번 해보는 일이다

입산

너를 향해 천천히 걸어갔다
너는 산으로 들어가버렸다
너를 향해 급히 달려갔다
너는 더 깊은 산으로 들어가버렸다

나는 한참 길가에 앉아
배가 고픈 줄도 모르고
시들어가는 민들레 꽃잎을 들여다보다가
천천히 나를 향해 걷기 시작했다

길은 끝이 없었다
지상을 떠나는 새들의 눈물이 길을 적셨다
나는 그 눈물을 따라가다가
네가 들어간 산의 골짜기가 되었다

눈 녹은 물로
언젠가 네가 산을 내려올 때

낮은 곳으로 흘러갈

너의 깊은 골짜기가 되었다

결혼에 대하여

만남에 대하여 진정으로 기도해온 사람과 결혼하라

봄날 들녘에 나가 쑥과 냉이를 캐어본 추억이 있는 사람과 결혼하라

된장을 풀어 쑥국을 끓이고 스스로 기뻐할 줄 아는 사람과 결혼하라

일주일 동안 야근을 하느라 미처 채 깎지 못한 손톱을 다정스레 깎아주는 사람과 결혼하라

콧등에 땀을 흘리며 고추장에 보리밥을 맛있게 비벼 먹을 줄 아는 사람과 결혼하라

어미를 그리워하는 어린 강아지의 똥을 더러워하지 않고 치울 줄 아는 사람과 결혼하라

가끔 나무를 껴안고 나무가 되는 사람과 결혼하라

나뭇가지들이 밤마다 별들을 향해 뻗어나간다는 사실을 아는 사람과 결혼하라

고단한 별들이 잠시 쉬어가도록 가슴의 단추를 열어주는 사람과 결혼하라

가끔은 전깃불을 끄고 촛불 아래서 한 권의 시집을 읽을 줄 아는 사람과 결혼하라

책갈피 속에 노란 은행잎 한 장쯤은 오랫동안 간직하고 있는 사람과 결혼하라

밤이 오면 땅의 벌레 소리에 귀기울일 줄 아는 사람과 결혼하라

밤이 깊으면 가끔은 사랑해서 미안하다고 속삭일 줄 아는 사람과 결혼하라

결혼이 사랑을 필요로 하는 것처럼 사랑도 결혼이 필요하다

사랑한다는 것은 이해한다는 것이며

결혼도 때로는 외로운 것이다

나의 조카 아다다

봉천동 산동네에 신접살림을 차린

나의 조카 아다다

첫아이가 벌써 초등학교에 입학했다는 아다다의 집을

귤 몇 개 사들고 찾아가서 처음 보았다

말없이 수화로 이어지는 어린 딸과 엄마

그들의 손이 맑은 시내를 이루며

고요히 나뭇잎처럼 흐르는 것을

양파를 푹푹 썰어넣고

돼지고기까지 잘게 썰어넣은

아다다의 순두부찌개를 먹으며

지상에서 가장 고요한 하늘이 성탄절처럼

온 방안에 가득 내려오는 것을

병원에 가서

청력검사 한번 받아보는 게 소원이었던 아다다

보청기를 끼어도 고요한 밤에

먼데서 개 짖는 소리 정도만 겨우 들리는 아다다

대문 밖에서 초인종을 누르면

크리스마스 트리의 꼬마전구들처럼
신호등이 반짝이도록 만들어놓은 아다다
불이 켜지면 아다다는 부리나케 일어나 대문을 연다

애기아빠는 타일공
말없이 웃는 눈으로 인사를 한다
그는 오늘 어느 신도시 아파트 공사장에서
타일을 붙이고 돌아온 것일까
아다다의 순두부찌개를 맛있게 먹고
진하게 설탕을 탄 커피까지 들고 나오면서
나는 어린 조카 아다다의 손을 꼭 잡았다
세상을 손처럼 부지런하게 살면 된다고
봉천동 언덕을 내려가는 동안
아다다의 손은 계속 내게 말하고 있었다

아버지들

아버지는 석 달치 사글세가 밀린 지하셋방이다

너희들은 햇볕이 잘 드는 전셋집을 얻어 떠나라

아버지는 아침 출근길 보도 위에 누가 버린 낡은 신발 한 짝이다

너희들은 새구두를 사 신고 언제든지 길을 떠나라

아버지는 페인트칠할 때 쓰던 낡고 때묻은 목장갑이다

몇 번 빨다가 잃어버리면 아예 찾을 생각을 하지 말아라

아버지는 포장마차 우동 그릇 옆에 놓인 빈 소주병이다

너희들은 빈 소주병처럼 술집을 나와 쓰러지는 일은 없도록

하라

아버지는 다시 겨울이 와서 꺼내 입은 외투 속에

언제 넣어두었는지 모르는 동전 몇 닢이다

너희들은 그 동전마저도 가져가 컵라면이라도 사먹어라

아버지는 벽에 걸려 있다가 그대로 바닥으로 떨어진 고장난 벽

시계다

너희들은 인생의 시계를 더 이상 고장내지 말아라

아버지는 동시상영하는 삼류극장의 낡은 의자다

젊은 애인들이 나누어 씹다가 그 의자에 붙여놓은 추잉껌이다

너희들은 서로가 서로에게 깨끗한 의자가 되어주어라

아버지는 도시 인근 야산의 고사목이다

봄이 오지 않으면 나를 베어 화톳불을 지펴서 몸을 녹여라

아버지는 길바닥에 버려진

붉은 단팥이 터져나온 붕어빵의 눈물이다

너희들은 눈물의 고마움에 대하여 고마워할 줄 알아라

아버지는 지하철을 떠도는 먼지다

이 열차의 종착역이다

너희들은 너희들의 짐을 챙겨 너희들의 집으로 가라

아버지는 이제 약속할 수 없는 약속이다

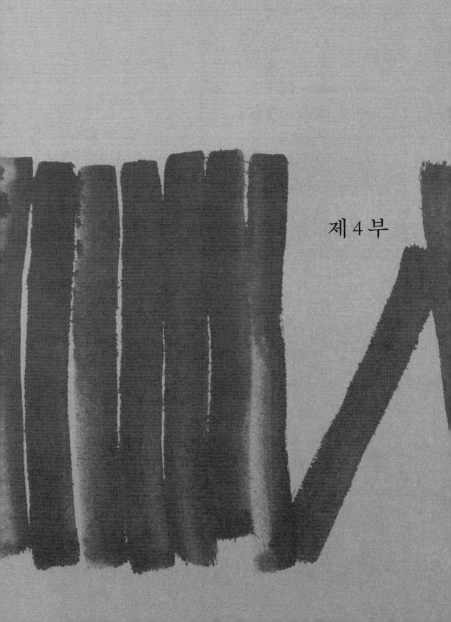

제 4 부

하늘의 그물

하늘의 그물은 성글지만
아무도 빠져나가지 못합니다
다만 가을밤에 보름달 뜨면
어린 새끼들을 데리고 기러기들만
하나 둘 떼지어 빠져나갑니다

새점을 치며

눈 내리는 날
경기도 성남시
모란시장 바닥에 쭈그리고 앉아
천원짜리 한 장 내밀고
새점을 치면서
어린 새에게 묻는다
나 같은 인간은 맞아 죽어도 싸지만
어떻게 좀 안 되겠느냐고
묻는다
새장에 갇힌
어린 새에게

햇살에게

이른 아침에
먼지를 볼 수 있게 해주셔서 감사합니다
이제는 내가
먼지에 불과하다는 것을 알게 해주셔서 감사합니다
그래도 먼지가 된 나를
하루 종일
찬란하게 비춰주셔서 감사합니다

쌀 한 톨

쌀 한 톨 앞에 무릎을 꿇다
고마움을 통해 인생이 부유해진다는
아버님의 말씀을 잊지 않으려고
쌀 한 톨 안으로 난 길을 따라 걷다가
해질녘
어깨에 삽을 걸치고 돌아가는 사람들을 향해
무릎을 꿇고 기도하다

겨울강

꽝꽝 언 겨울강이
왜 밤마다 쩡쩡 울음소리를 내는지
너희는 아느냐

별들도 잠들지 못하고
왜 끝내는 겨울강을 따라 울고야 마는지
너희는 아느냐

산 채로 인간의 초고추장에 듬뿍 찍혀 먹힌
어린 빙어들이 너무 불쌍해
겨울강이 참다 참다 끝내는
터뜨린 울음인 줄을

거미줄

산 입에 거미줄을 쳐도
거미줄이 가장 아름다울 때는
거미줄에 걸린 아침 이슬이
햇살에 맑게 빛날 때다
송이송이 소나기가 매달려 있을 때다

산 입에 거미줄을 쳐도
거미줄이 가장 아름다울 때는
진실은 알지만 기다리고 있을 때다
진실에도 기다림이 필요하다고
진실은 기다림을 필요로 한다고
조용히 조용히 말하고 있을 때다

서대문공원

서대문공원에 가면
사람을 자식으로 둔 나무가 있다

폐허인 양 외따로 떨어져 있는
사형 집행장 정문 앞
유난히 바람에 흔들리는
미루나무

미루나무는 말했다
사형 집행이 있는 날이면
애써 눈물은 감추고 말했다

그래 그래
네가 바로 내 아들이다
그래 그래
네가 바로 내 딸이다

그렇게 말하고

울지 말고 잘 가라고

몇날 며칠 바람에 몸을 맡겼다

들녘

날이 밝자 아버지가
모내기를 하고 있다
아침부터 먹왕거미가
거미줄을 치고 있다
비온 뒤 들녘 끝에
두 분 다
참으로 부지런하시다

벼락에 대하여

벼락맞아 쓰러진 나무를 보고
처음에는 무슨 용서받을 수 없는
큰 죄를 지었나보다 하고 생각했다
그러나 이듬해 봄날
쓰러진 나무 밑동에서
다시 파란 싹이 돋는 것을 보고
죄 많은 사람들을 대신해서
나무가 벼락을 맞는다는 것을
나무들은 일생에 한번씩은 사람들을 위해
벼락을 맞고 쓰러진다는 것을
알게 되었다
오늘은 누가 나무를 대신해서
벼락을 맞을 수 있겠느냐
오늘은 누가 나무를 대신해서
벼락맞아 죽을 사람이 있겠느냐

밥그릇

개가 밥을 다 먹고
빈 밥그릇의 밑바닥을 핥고 또 핥는다
좀처럼 멈추지 않는다
몇번 핥다가 그만둘까 싶었으나
혓바닥으로 씩씩하게 조금도 지치지 않고
수백번은 더 핥는다
나는 언제 저토록 열심히
내 밥그릇을 핥아보았나
밥그릇의 밑바닥까지 먹어보았나
개는 내가 먹다 남긴 밥을
언제나 싫어하는 기색없이 다 먹었으나
나는 언제 개가 먹다 남긴 밥을
맛있게 먹어보았나
개가 핥던 밥그릇을 나도 핥는다
그릇에도 맛이 있다
햇살과 바람이 깊게 스민
그릇의 밑바닥이 가장 맛있다

혀

어미개가 갓난 새끼의 몸을 핥는다

앞발을 들어 마르지 않도록

이리 굴리고 저리 굴리며

온몸 구석구석을 혀로 핥는다

병약하게 태어나 젖도 먹지 못하고

태어난 지 이틀 만에 죽은 줄도 모르고

잠도 자지 않고 핥고 또 핥는다

나는 아이들과 죽은 새끼를

손수건에 고이 싸서

손바닥만한 언 땅에 묻어주었으나

어미개는 길게 뽑은 혀를 거두지 않고

밤새도록 허공을 핥고 또 핥더니

이튿날 아침

혀가 다 닳아 보이지 않았다

술 한잔

인생은 나에게
술 한잔 사주지 않았다
겨울밤 막다른 골목 끝 포장마차에서
빈 호주머니를 털털 털어
나는 몇번이나 인생에게 술을 사주었으나
인생은 나를 위해 단 한번도
술 한잔 사주지 않았다
눈이 내리는 날에도
돌연꽃 소리없이 피었다
지는 날에도

선암사

눈물이 나면 기차를 타고 선암사로 가라
선암사 해우소로 가서 실컷 울어라
해우소에 쭈그리고 앉아 울고 있으면
죽은 소나무 뿌리가 기어다니고
목어가 푸른 하늘을 날아다닌다
풀잎들이 손수건을 꺼내 눈물을 닦아주고
새들이 가슴속으로 날아와 종소리를 울린다
눈물이 나면 걸어서라도 선암사로 가라
선암사 해우소 앞
등 굽은 소나무에 기대어 통곡하라

경주 남산

봄날에 맹인 노인들이

경주 남산을 오른다

죽기 전에

감실 부처님을 꼭 한번 보고 죽어야 한다면서

지팡이를 짚고 남산에 올라

안으로 안으로 바위를 깎아 만든 감실 안에

말없이 앉아 있는 부처님을 바라본다

땀이 흐른다

허리춤에 찬 면수건을 꺼내 목을 닦는다

산새처럼 오순도순 앉아 있다가

며느리가 싸준 김밥을 나누어 먹는다

감실 부처님은 빙긋이 웃기만 할 뿐 말이 없다

맹인들도 아무 말이 없다

해가 지기 전

서둘러 내려오는 길에

일행 중 가장 나이 많은 맹인 노인이

그 부처님 참 잘생겼다 하고는

캔사이다를 마실 뿐
다들 말이 없다

뿌리의 길

다산초당으로 올라가는 산길
지상에 드러낸 소나무의 뿌리를
무심코 힘껏 밟고 가다가 알았다
지하에 있는 뿌리가
더러는 슬픔 가운데 눈물을 달고
지상으로 힘껏 뿌리를 뻗는다는 것을
지상의 바람과 햇볕이 간혹
어머니처럼 다정하게 치맛자락을 거머쥐고
뿌리의 눈물을 훔쳐준다는 것을
나뭇잎이 떨어져 뿌리로 가서
다시 잎으로 되돌아오는 동안
다산이 초당에 홀로 앉아
모든 길의 뿌리가 된다는 것을
어린 아들과 다산초당으로 가는 산길을 오르며
나도 눈물을 달고
지상의 뿌리가 되어 눕는다
산을 움켜쥐고

지상의 뿌리가 가야 할

길이 되어 눕는다

낙락장송

낙락장송에 눈 내린다
가까이 있는 산이 멀리 보인다
강가에서 강물소리도 듣지 못하던
솔숲에서 솔바람소리도 듣지 못하던
내 가슴에 하늘의 물소리가 들린다

인생에게 너무 눈치를 살피며 살아왔구나
내 짐승 같은 사랑도 더러움이 아니구나
꽃이 피었다가 지는 대로 지듯이
눈이 쌓였다가 녹는 대로 녹듯이
열심히 사는 대로 죽어야겠구나

낙락장송에 쉬지 않고 눈 내린다
바람에 낙락장송이 흰눈을 휘날린다
멀리 있는 산이 가까이 보인다
뿌리를 휘감고 도는 하늘의 물소리가 들린다
인생은 눈치를 보기에는 너무 길었으나
사랑하기에는 너무 짧구나

산산조각

룸비니에서 사온

흙으로 만든 부처님이

마룻바닥에 떨어져 산산조각이 났다

팔은 팔대로 다리는 다리대로

목은 목대로 발가락은 발가락대로

산산조각이 나

얼른 허리를 굽히고

무릎을 꿇고

서랍 속에 넣어두었던

순간접착제를 꺼내 붙였다

그때 늘 부서지지 않으려고 노력하는

불쌍한 내 머리를

다정히 쓰다듬어주시면서

부처님이 말씀하셨다

산산조각이 나면

산산조각을 얻을 수 있지

산산조각이 나면

산산조각으로 살아갈 수 있지

감사하다

태풍이 지나간 이른 아침에
길을 걸었다
아름드리 플라타너스나 왕벚나무들이
곳곳에 쓰러져 처참했다
그대로 밑동이 부러지거나
뿌리를 하늘로 드러내고 몸부림치는
나무들의 몸에서
짐승 같은 울음소리가 계속 들려왔다
키 작은 나무들은 쓰러지지 않았다
쥐똥나무는 몇 알
쥐똥만 떨어뜨리고 고요했다
심지어 길가의 풀잎도
지붕 위의 호박넝쿨도 쓰러지지 않고
햇볕에 젖은 몸을 말리고 있었다
나는 그제서야 알 수 있었다
내가 굳이 풀잎같이
작은 인간으로 만들어진 까닭을

그제서야 알고

감사하며 길을 걸었다

파고다공원

아버지 파고다공원에서
'영정 사진 무료 촬영'이라고 써놓은
플래카드 앞에 줄을 서 계신다
금요일만 되면 낡은 카메라 가방을 들고
무료 봉사 하러 나온다는
중년의 한 사진사가
노인들의 영정 사진을 열심히 찍고 있다
노인들은 흐린 햇살 아래 다들 흐리다
곧 비가 올 것 같다
줄의 후미에서 차례를 기다리는 아버지는
사진은 나중에 찍고 콩국수나 먹으러 가시자고 해도
마냥 차례만 기다린다
비둘기가 아버지의 발끝에 와서 땅바닥을 쪼며 노닌다
어디서 연꽃 웃음소리가 들린다
원각사지 십층석탑에 새겨진 연꽃들이 걸어나와
사진 찍는 아버지 곁에 앉아 함께 사진을 찍는다
사람이 영정 사진을 준비해야 하는 나이가 되면
부처님께 밥 한 그릇은 올려야 하는가

빗방울이 떨어진다

소나기다

나는 아버지와 비를 맞으며 종로 거리를 걷다가

양념통닭집으로 들어간다

아버지는 무료로 영정 사진을 찍었다고

이제는 더 이상 준비해야 할 일이 없다고

열심히 양념통닭만 잡수신다

소년부처

경주박물관 앞마당
봉숭아도 맨드라미도 피어 있는 화단가
목 잘린 돌부처들 나란히 앉아
햇살에 눈부시다

여름방학을 맞은 초등학생들
조르르 관광버스에서 내려
머리 없는 돌부처들한테 다가가
자기 머리를 얹어본다

소년부처다
누구나 일생에 한번씩은
부처가 되어보라고
부처님들 일찍이 자기 목을 잘랐구나

얼음부처

새들이 날아와 빙벽을 쫀다
얼어붙은 미시령 매바위 폭포 위에
하루종일
부리가 없어질 때까지 얼음을 쫀다
처음에는 한두 마리 날아와 쪼기 시작하더니
갑자기 수십 마리의 새들이 설악에서 날아와
몇날 며칠 잠도 자지 않고
빙벽을 쫀다
부리가 없어져도 빙벽을 쫀다
오늘도 눈송이마다 땅거미가 깃들기 시작하고
미시령을 넘어가는 길은 또 끊어졌다
눈더미에 파묻힌 길들은 사람들을 내려놓고
저마다 동해로 떠나가고
나는 아침 일찍 지옥에서 돌아와 빙벽을 바라본다
오늘 아침엔 새들이 보이지 않는다
푸르르 새들이 떠난 자리에
부처님 한 분 찬란하다

바닥에 대하여

바닥까지 가본 사람들은 말한다
결국 바닥은 보이지 않는다고
바닥은 보이지 않지만
그냥 바닥까지 걸어가는 것이라고
바닥까지 걸어가야만
다시 돌아올 수 있다고

바닥을 딛고
굳세게 일어선 사람들도 말한다
더 이상 바닥에 발이 닿지 않는다고
발이 닿지 않아도
그냥 바닥을 딛고 일어서는 것이라고

바닥의 바닥까지 갔다가
돌아온 사람들도 말한다
더 이상 바닥은 없다고
바닥은 없기 때문에 있는 것이라고

보이지 않기 때문에 보이는 것이라고

그냥 딛고 일어서는 것이라고

장례식장 미화원 손씨 아주머니의 아침

아무도 모른다
장례식장 미화원 손씨 아주머니가
아침마다 꽃을 주워 먹고 산다는 것을
발인이 끝난 뒤
텅 빈 영안실 바닥에 버려진 꽃들을 먹고
환하게 꽃으로 피어난다는 것을
검은 리본을 달고
트럭에 실려 배달된 꽃들이
영안실 입구에 쭉 늘어서서
슬퍼하는 척하는 조객들을 구경하다가
밤새워 봉투에 든 부의금을 헤어보다가
발인이 끝난 뒤
영안실 바닥에 미련 없이 버려져 짓밟히면
아무도 모른다
장례식장 미화원 손씨 아주머니가
영안실 바닥에 쭈그리고 앉아
아침밥을 먹듯
주섬주섬 꽃을 주워 먹는다는 것을

장례식장 창 틈으로 스며든 아침 햇살까지

배불리 먹고

한 송이 두 송이 꽃으로 피어나

죽은 이들 모두

환하게 꽃으로 피어나게 한다는 것을

시각장애인 식물원

한 소녀가 아빠의 손을 잡고
경기도 광릉 시각장애인 식물원에 가서
손으로 나무들을 만져본다
이건 소나무야, 이건 도토리나무고
이건 진달래야
아빠가 어린 딸에게 자꾸 말을 걸자
소나무가 빙긋이 소녀를 보고 웃다가
소녀의 손바닥에
어린 솔방울 같은 눈동자를 하나 쥐어준다

시각장애인 식물원에는
꽃들이 모두 인간의 눈동자다
나뭇잎마다 인간의 푸른 눈동자가 달려 있다
시각장애인들이 흰 지팡이를 짚고
더듬더듬 식물원으로 들어서면
나무들이 저마다 작은 미소를 지으며
시각장애인들의 손바닥에 하나씩
눈동자를 나눠준다

보라

봄길을 걸어가는 시각장애인들은 모두

손바닥에 눈이 있다

고비사막의 어느 사원에 그려진 부처님들처럼

손바닥의 눈으로 별을 바라보고

손바닥의 눈으로 한강철교 위로 떠오른

초승달을 바라본다

중계동 산동네에 사는 독거노인 한분도

맑은 손바닥의 눈으로

이웃들이 찾아와 켜준

생일 케이크의 작은 촛불을 바라보고

수줍게 웃는다

통닭

통닭이 내게 부처가 되라고 한다
어린 아들을 데리고 통닭을 먹으러
전기구이 통닭집에 갔더니
뜨거운 전기구이 오븐 속에 가부좌하고 앉아
땀을 뻘뻘 흘리며
통닭이 내게 부처의 제자가 되라고 한다
부다가야에 가서
높푸른 보리수를 향해 엎드려 절을 해본 적은 있지만
부처의 제자는커녕
부다가야의 앉은뱅이 거지도 될 수 없는 나에게
통닭은 먼저 마음의 배고픔에서 벗어나라고 한다
어머니를 죽이고 아내를 죽이고
끝내는 사랑하는 자식마저 천만번을 죽이고
이 화염의 도시를 떠나
부다가야의 숲으로 가서 개미가 되라고 한다
나는 오늘도 사랑을 버리지 못하고
땅바닥에 떨어진 돈이나 주우려고 떠돌아다니는데
돈과 인간을 구분하지 못하고

부동산임대차계약서에 붉은 도장이나 찍고 있는데
사랑하는 모든 것은
곧 헤어지지 않으면 안된다고 말씀하시며
플라스틱 쟁반 위에
목 잘린 부처님처럼 가부좌하고 나오신
전기구이 통닭 한마리

불국사

물고기들도 물 속에
불국사를 짓나보다
물고기들이 몸과 마음
다 바치는 걸 보면
아낌없이 대대로
다 바치는 걸 보면
물 속에도 물고기들이 지은
불국사가 있어
마음을 비우고
묵언정진하시다가
때가 되면 그물에 걸려
올라오시나 보다

불면

이 세상에 꽃이 피는 건
죽어서 꽃으로 피어나고 싶은 사람이 있는 까닭이다
그래도 이 세상에 사람이 태어나는 건
죽어서 사람으로 태어나고 싶은 꽃이 있는 까닭이다
그렇지 않다면
정녕 그렇지 않다면
왜 꽃이 사람들을 아름답게 하고
왜 사람들이 가끔 꽃에 물을 주는가
그러나 나는 평생 잠을 이루지 못한다
왜 꽃처럼 아름다운 인간의 마음마다
짐승이 한마리씩 들어앉아 있는지
왜 개 같은 짐승의 마음속에도
아름다운 인간의 마음이 들어앉아 있는지
알 수가 없어
나는 평생 불면의 밤을 보내는
한마리 짐승이다

나의 수미산

폭설이 내린 날
내 관을 끌고 올라가리라
날카로운 빙벽에 매달리고
눈사태에 파묻혀 헤어나오지 못해도
알몸으로
내 빈 관을 끌고 끝까지 산정으로 올라가리라
산정의 거친 눈보라와
눈보라가 그친 뒤 눈부시게 내리쬐는 맑은 햇살과
간간이 천상에서 들려오는 새들의 울음소리를
차곡차곡 관 속에 챙겨넣고
눈 덮인 연봉들을 오랫동안 바라보리라
엎드린 봉우리마다 일어서서 다정히 손을 흔들면
눈물을 그치고
마지막으로 내 시체를 담아
관 뚜껑을 닫으리라
거지여인의 눈에 평생 동안 눈물을 흘리게 한
용서하지 못할 용서
평생토록 참회해도 참회할 수 없는 참회를

관 속에 집어넣고

탕 탕 탕

눈사태가 나도록 관 뚜껑에 못질을 하고

산정의 산정에 홀로 서서

내 관을 던지리라

부도밭을 지나며

사람은 죽었거나 살아 있거나
그 이름을 불렀을 때 따뜻해야 하고
사람은 잊혀졌거나 잊혀지지 않았거나
그 이름을 불렀을 때 눈물이 글썽해야 한다
눈 내리는 월정사 전나무 숲길을 걸으며
누군가 걸어간 길은 있어도
발자국이 없는 길을 스스로 걸어가
끝내는 작은 발자국을 이룬
당신의 고귀한 이름을 불러본다
부도 위에 쌓인 함박눈을 부르듯
함박눈! 하고 불러보고
부도 위에 앉은 작은 새를 부르듯
작은 새! 하고 당신의 이름을 불러본다
사람들은 오늘도 검은 강물처럼 흘러가
돌아오지 않지만
더러는 강가의 조약돌이 되고
더러는 강물을 따라가는 나뭇잎이 되어
저녁바다에 가닿아 울다가 사라지지만

부도밭으로 난 눈길을 홀로 걸으며
당신의 이름을 부르면 들린다
누가 줄 없는 거문고를 켜는 소리가
보인다 저 작은 새들이 눈발이 되어
거문고 가락에 신나게 춤추는 게 보인다
슬며시 부도 밖으로 고개를 내밀고
내 손을 잡아주는
당신의 맑은 미소가 보인다

유기견(遺棄犬)

하늘이 보시기에

개를 버리는 일이 사람을 버리는 일인 줄 모르고

사람들은 함부로 개를 버린다

땅이 보시기에

개를 버리는 일이 어머니를 버리는 일인 줄 모르고

사람들은 대모산 정상까지 개를 데리고 올라가 혼자 내려온다

산이 보시기에도

개를 버리는 일이 전생을 버리는 일인 줄 모르고

나무가 보시기에도

개를 버리는 일이 내생을 버리는 일인 줄 모르고

사람들은 거리에 개만 혼자 내려놓고 이사를 가버린다

개를 버리고 나서부터 사람들은

사람을 보고 자꾸 개처럼 컹컹 짖는다

개는 주인을 만나려고

떠돌아다니는 나무가 되어 이리저리 바람에 흔들리다가

바람에 떠도는 비닐봉지가 되어 이리저리 거리를 떠돌다가

마음이 가난해진다

마음이 가난한 개는 울지 않는다

천국이 그의 것이다

도요새

옥구염전에 눈 내린다

수차가 함부로 버려진 소금밭에

눈발이 빗금을 치고 지나가다가

무너진 소금창고 지붕 위에 힘없이 주저앉는다

나는 일제히 편대비행을 하며

허공 높이 무수히 발자국을 찍어대다가

외로이 소금밭에 앉아 울고 있다

이제는 아무도 내 눈물로 소금을 만들지 않는다

염부들은 모두 다 집으로 돌아가

화투나 치고 소주나 마시고

길가의 칠면초만 저 혼자 붉다

만조 때 갯벌 가득 일몰이 차 오르면

쫑쫑 쩡쩡 쉿 소리치며

일제히 염전으로 날아오르던 나의 사랑은

언제 다시 소금으로 빛날 것인가

나는 다시 허공에 무수히 발자국을 찍는다

멀리 새만금 방조제가 가물거린다

칠산 앞바다도 수평선이 사라졌다

염전에 물을 대던 경운기도 녹슨 잠이 들고
옥구염전에 눈은 그치지 않는데
나는 몇마리 장다리물떼새와 함께
외로운 소금밭을 서성거린다
나의 발자국이 소금이 될 때까지
나의 눈물이 소금이 될 때까지

밤의 십자가

밤의 서울 하늘에 빛나는

붉은 십자가를 가만히 들여다보면

십자가마다 노숙자 한 사람씩 못 박혀

고개를 떨구고 있다

어떤 이는 아직 죽지 않고 온몸을 새처럼

푸르르 떨고 있고

어떤 이는 지금 막 손과 발에 못질을 끝내고

축 늘어져 있고

또 어떤 이는 옆구리에서 흐른 피가

한강을 붉게 물들이고 있다

비바람도 천둥도 치지 않는다

밤하늘엔 별들만 총총하다

시민들은 가족의 그림자들까지 한집에 모여

도란도란 밥을 먹거나

비디오를 보거나 발기가 되거나

술에 취해 잠이 들 뿐

아무도 서울의 밤하늘에 노숙자들이

십자가에 못 박혀 죽어가는 줄을 모른다

먼동이 트고
하나둘 십자가의 불이 꺼지고
샛별도 빛을 잃자
누구인가 검은 구름을 뚫고
고요히 새벽 하늘 너머로
십자가에 매달린 노숙자들을
한명씩 차례차례로 포근히
엄마처럼 안아 내릴 뿐

김수환 추기경의 기도하는 손

서울에 푸짐하게 첫눈 내린 날
김수환 추기경의 기도하는 손은
고요히 기도만 하고 있을 수 없어
추기경 몰래 명동성당을 빠져나와
서울역 시계탑 아래에 눈사람 하나 세워놓고
노숙자들과 한바탕 눈싸움을 하다가
무료급식소에 들러 밥과 국을 퍼주다가
늙은 환경미화원과 같이 눈길을 쓸다가
부지런히 종각역에서 지하철을 타고
껌 파는 할머니의 껌통을 들고 서 있다가
전동차가 들어오는 순간 선로로 뛰어내린
한 젊은 여자를 껴안아주고 있다가
인사동 길바닥에 앉아 있는 아기부처님 곁에 앉아
돌아가신 엄마 얘기를 도란도란 나누다가
엄마의 시신을 몇개월이나 안방에 둔
중학생 소년의 두려운 눈물을 닦아주다가
경기도 어느 모텔의 좌변기에 버려진
한 갓난아기를 건져내고 엉엉 울다가

김수환 추기경의 기도하는 손은
부지런히 다시 서울역으로 돌아와
소주를 들이켜고
눈 위에 라면박스를 깔고 웅크린
노숙자들의 잠을 일일이 쓰다듬은 뒤
서울역 청동빛 돔 위로 올라가
내려오지 않는다
비둘기처럼

영등포가 있는 골목

영등포역 골목에 비 내린다

노란 우산을 쓰고

잠시 쉬었다 가라고 옷자락을 붙드는

늙은 창녀의 등뒤에도 비가 내린다

행려병자를 위한 요셉병원 앞에는

끝끝내 인생을 술에 바친 사내들이 모여

또 술을 마시고

비 온 뒤 기어나온 달팽이들처럼

언제 밟혀 죽을지도 모르고 이리저리 기어다닌다

영등포여

이제 더 이상 술을 마시고

병든 쓰레기통은 뒤지지 말아야 한다

검은 쓰레기봉지 속으로 기어들어가

홀로 웅크리고 울지 말아야 한다

오늘밤에는

저 백열등 불빛이 다정한 식당 한구석에서

나와 함께 가정식 백반을 들지 않겠느냐

혼자 있을수록 혼자 되는 것보다는

혼자 있을수록 함께 되는 게 더 낫지 않겠느냐
마음에 꽂힌 칼 한자루보다
마음에 꽂힌 꽃 한송이가 더 아파서
잠이 오지 않는다
도대체 예수는 어디 가서 아직 돌아오지 않는가
영등포에는 왜 기차만 떠났다가
다시 돌아오는가

부드러운 칼

칼을 버리러 강가에 간다
어제는 칼을 갈기 위해 강가로 갔으나
오늘은 칼을 버리기 위해 강가로 간다
강물은 아직 깊고 푸르다
여기저기 상처 난 알몸을 드러낸 채
홍수에 떠내려온 나뭇가지들 옆에 앉아
평생 가슴속에 숨겨두었던 칼을 꺼낸다
햇살에 칼이 웃는다
눈부신 햇살에 칼이 자꾸 부드러워진다
물새 한마리
잠시 칼날 위에 앉았다가 떠나가고
나는 푸른 이끼가 낀 나뭇가지를 던지듯
강물에 칼을 던진다
다시는 헤엄쳐 되돌아올 수 없는 곳으로
갈대숲 너머 멀리 칼을 던진다
강물이 깊숙이 칼을 껴안고 웃는다
칼은 이제 증오가 아니라 미소라고
분노가 아니라 웃음이라고

강가에 풀을 뜯던 소 한마리가 따라 웃는다
배고픈 물고기들이 우르르 칼끝으로 몰려들어
톡톡 입을 대고 건드리다가
마침내 부드러운 칼을 배불리 먹고
뜨겁게 산란을 하기 시작한다

윤동주 시집이 든 가방을 들고

나는 왜 아침 출근길에

구두에 질펀하게 오줌을 싸놓은

강아지도 한마리 용서하지 못하는가

윤동주 시집이 든 가방을 들고 구두를 신는 순간

새로 갈아 신은 양말에 축축하게

강아지의 오줌이 스며들 때

나는 왜 강아지를 향해

이 개새끼라고 소리치지 않고는 견디지 못하는가

개나 사람이나 풀잎이나

생명의 무게는 다 똑같은 것이라고

산에 개를 데려왔다고 시비를 거는 사내와

멱살잡이까지 했던 내가

왜 강아지를 향해 구두를 내던지지 않고는 견디지 못하는가

세상에서 가장 어려운 일은

사람의 마음을 얻는 일이라는데

나는 한마리 강아지의 마음도 얻지 못하고

어떻게 사람의 마음을 얻을 수 있을까

진실로 사랑하기를 원한다면

용서하는 법을 배워야 한다고
윤동주 시인은 늘 내게 말씀하시는데
나는 밥만 많이 먹고 강아지도 용서하지 못하면서
어떻게 인생의 순례자가 될 수 있을까
강아지는 이미 의자 밑으로 들어가 보이지 않는다
오늘도 강아지가 먼저 나를 용서할까봐 두려워라

내 그림자에게

이제 우리 헤어질 때가 되었다
어둠과 어둠 속으로만 떠돌던 나를
그래도 절뚝거리며 따라와주어서 고맙다
나 대신 차에 치여 다리를 다친 일과
나 대신 군홧발에 짓이겨진 일은
지금 생각해도 미안하다
가정법원의 딱딱한 나무의자에 앉아
너 혼자 울면서 재판 받게 한 일 또한 미안하지만
이제 등에 진 짐은 다 버리고
신발도 지갑마저도 다 던져버리고
가볍게 길을 떠나라
그동안 너는 밥값도 내지 않고 내 밥을 먹었으나
이제 와서 내가 밥값은 받아서 무엇하겠니
굳이 눈물 흘릴 필요는 없다
뒤돌아서서 손 흔들지 말고
가라
인간이 사는 곳보다
새들이 사는 곳으로 가서

어린 나뭇가지에서 어린 나뭇가지로 날아다니는

한 마리 새의 그림자가 돼라

벽

나는 이제 벽을 부수지 않는다
따스하게 어루만질 뿐이다
벽이 물렁물렁해질 때까지 어루만지다가
마냥 조용히 웃을 뿐이다
웃다가 벽 속으로 걸어갈 뿐이다
벽 속으로 천천히 걸어들어가면
봄눈 내리는 보리밭길을 걸을 수 있고
섬과 섬 사이로 작은 배들이 고요히 떠가는
봄바다를 한없이 바라볼 수 있다

나는 한때 벽 속에는 벽만 있는 줄 알았다
나는 한때 벽 속의 벽까지 부수려고 망치를 들었다
망치로 벽을 내리칠 때마다 오히려 내가
벽이 되었다
나와 함께 망치로 벽을 내리치던 벗들도
결국 벽이 되었다
부술수록 더욱 부서지지 않는
무너뜨릴수록 더욱 무너지지 않는

벽은 결국 벽으로 만들어지는 벽이었다

나는 이제 벽을 무너뜨리지 않는다
벽을 타고 오르는 꽃이 될 뿐이다
내리칠수록 벽이 되던 주먹을 펴
따스하게 벽을 쓰다듬을 뿐이다
벽이 빵이 될 때까지 쓰다듬다가
물 한잔에 빵 한조각을 먹을 뿐이다
그 빵을 들고 거리에 나가
배고픈 이들에게 하나씩 나눠줄 뿐이다

빈손

나 아기로 태어나 엄마 손을 처음 잡았을 때
나의 손은 빈손이었으나
내가 아버지가 되어 아가 손을 처음 잡았을 때도
나의 손은 따스한 빈손이었으나

예수의 손도 십자가에 못 박혀 매달리기 전에
목수로 일하면서 생긴
굳은살이 박여 있는 빈손이었으나

지금 나의 손은
그 누구의 손도 다정히 잡아주지 못하고
첫서리가 내린 가을 들판의 볏단처럼
고요히 머리 숙여 기도하지 못하고
얼음처럼 차고 산처럼 무겁다

나 아기로 태어나
처음 엄마 손을 잡았을 때는 빈손이었으나

내 손을 잡아준 엄마도 결국
빈손으로 이 세상을 떠나셨으나

국화빵을 굽는 사내

당신은 눈물을 구울 줄 아는군
눈물로 따끈따끈한 빵을 만들 줄 아는군
오늘도 한강에서는
사람들이 그물로 물을 길어 올리는데
그 물을 먹어도 내 병은 영영 낫지 않는데
당신은 눈물에 설탕도 조금은 넣을 줄 아는군
눈물의 깊이도 잴 줄 아는군
구운 눈물을 뒤집을 줄도 아는군

제 5 부

빈틈

살얼음 낀 겨울 논바닥에
기러기 한 마리
툭
떨어져 죽어 있는 것은
하늘에
빈틈이 있기 때문이다

끈

가는 발목에 끈이 묶여

날지 못하는

오가는 행인들의 발길에 가차없이 차이는

푸른 하늘조차 내려와 도와주지 않는

해가 지도록 오직

푸드덕푸드덕거리기만 하는

한 마리

저 땅 위의

새

물의 꽃

펄펄 끓는 물에
꽃이 핀다
오직 한 사람을 위하여
그 꽃을 꺾어
꽃다발을 만든다
사랑하는 일을
두려워하지 않기 위하여
펄펄 끓는 물에
꽃은 다시 깊게
뿌리를 내린다

장의차에 실려가는 꽃

모가지가 잘려도 꽃은 꽃이다
싹둑싹둑 모가지가 잘린 꽃들끼리 모여
봄이 오는 고속도로를 끌어안고 운다
인간을 위하여 목숨을 버리는 일만큼
더한 아름다움은 없다고
장의차 한쪽 구석에 앉아 울며 가는 꽃들
서로 쓰다듬고 껴안고 뺨 부비다가
차창에 머리를 기댄 채 마냥 졸고 있는
상주들을 대신해서 울음을 터뜨린다
아름다운 곡비(哭婢)다

나팔꽃

한쪽 시력을 잃은 아버지
내가 무심코 식탁 위에 놓아둔
까만 나팔꽃 씨를
환약인 줄 알고 드셨다
아침마다 창가에
나팔꽃으로 피어나
자꾸 웃으시는 아버지

못

벽에 박아두었던 못을 뺀다

벽을 빠져나오면서 못이 구부러진다

구부러진 못을 그대로 둔다

구부러진 못을 망치로 억지로 펴서

다시 쾅쾅 벽에 못질하던 때가 있었으나

구부러진 못의 병들고 녹슨 가슴을

애써 헝겊으로 닦아놓는다

뇌경색으로 쓰러진 늙은 아버지

공중목욕탕으로 모시고 가서

때밀이용 침상 위에 눕혀놓는다

구부러진 못이다 아버지도

때밀이 청년이 벌거벗은 아버지를 펴려고 해도

더 이상 펴지지 않는다

아버지도 한때 벽에 박혀 녹이 슬도록

모든 무게를 견뎌냈으나

벽을 빠져나오면서 그만

구부러진 못이 되었다

거미

이른 아침
백담사 가는 길을 걸을 때
나뭇가지와 나뭇가지 사이로 이어진 거미줄에
내가 평생 흘린 모든 눈물이 매달려 있었다
왕거미 한 마리
내 눈물을 갉아먹으려고 황급히 다가오다가
아침 햇살에 손을 모으고
고요히
기도하고 있었다

손

산사에 오르다가

흘러가는 물에 손을 씻는다

물을 가득 움켜쥐고 계곡 아래로

더러운 내 손이 떠내려간다

동자승이 씻다 흘린 상추잎처럼

푸른 피를 흘리며 떠내려간다

나는 내 손을 건지려고 급히 뛰어가다가

그만 소나무 뿌리에 걸려 나동그라진다

떠내려가면서도 기어이 물을 가득 움켜쥔

저놈의 손

저 손을 잡아라

어느 낙엽이 떨어지면서 나뭇가지를 움켜쥐고

어느 바위가 굴러가면서 땅을 움켜쥐고

어느 밤하늘이 별들을 움켜쥐고

찬란하더냐

군고구마 굽는 청년

청년은 기다림을 굽고 있는 것이다
나무를 쪼개 추운 드럼통에 불을 지피며
청년이 고구마가 익기를 기다리는 것은
기다림이 익기를 기다리는 것이다
사람들이 외투 깃을 올리고 종종걸음 치는 밤거리에서
뜨겁게 달구어진 조약돌에 고구마를 올려놓고
청년이 잠시 밤하늘을 올려다보는 것은
기다림이 첫눈처럼 내리기를 기다리는 것이다
청년은 지금 불 위의 고구마처럼 타들어가고 있을 것이다
온몸이 딱딱하고 시꺼멓게 타들어가면서도
기다림만은 노랗고 따끈따끈하게 구워지고 있을 것이다
누군가에게 구워진다는 것은 따끈따끈해진다는 것이다
따끈따끈해진다는 것은 누군가에게 맛있어진다는 것이다
지금까지 그 누구에게 맛있어본 적이 없었던 청년이
다 익은 군고구마를 꺼내 젓가락으로 쿡 한번 찔러보는 것은
사랑에서 기다림이 얼마나 성실하게 잘 익었는가를
알아보려는 것이다

낙죽(烙竹)

결국은 벌겋게 단 인두를 들고

낙죽을 놓는 일이지

한때는 산과 산을 뛰어넘는

사슴의 발자국을 남기는 줄 알았으나

한때는 맑은 시냇물의 애무를 견디다 못해

그만 사정해버리는 젊은 바위가 되는 줄 알았으나

결국은 한순간 숨을 멈추고

마른 대나무에 낙을 놓는 일이지

남을 사랑한다는 것

아니 나를 사랑한다는 것

남을 용서한다는 것

아니 나를 용서한다는 것 모두

낙죽한 새 한 마리 하늘로 날려보내고

물이나 한잔 마시는 일이지

숯불에 벌겋게 평생을 달군

날카로운 인두로

아직도 지져야 할 가슴이 남아 있다면

아직도 지져버려야 할 상처가 남아 있다면

포옹

뼈로 만든 낚싯바늘로
고기잡이하며 평화롭게 살았던
신석기 시대의 한 부부가
여수항에서 뱃길로 한 시간 남짓 떨어진 한 섬에서
서로 꼭 껴안은 채 뼈만 남은 몸으로 발굴되었다
그들 부부는 사람들이 자꾸 찾아와 사진을 찍자
푸른 하늘 아래
뼈만 남은 알몸을 드러내는 일이 너무 부끄러워
수평선 쪽으로 슬며시 모로 돌아눕기도 하고
서로 꼭 껴안은 팔에 더욱더 힘을 주곤 하였으나
사람들은 아무도 그들이 부끄러워하는 줄 알지 못하고
자꾸 사진만 찍고 돌아가고
부부가 손목에 차고 있던 조가비 장신구만 안타까워
바닷가로 달려가
파도에 몸을 적시고 돌아오곤 하였다

걸인

나는 그대의 불전함

지하철 바닥을 기어가는 배고픈 불전함

동전 한닢 떨어지는 소리가 천년이 걸린다

내가 손을 내밀지 않아도

내 손이 먼저 무량수전 마룻바닥을 기어가듯

천년을 기어가

그대에게 적선의 손을 내미나니

뿌리치지 마시라 부디

무량수전이 어디 부석사에만 있었던가

우리가 흔들리며 타고 가는 지하철

여기가 바로 무량수전 아니던가

나는 그대의 불전함

다 닳은 타이어 조각을 대고 꿈틀꿈틀 무릎도 없이

지하철 바닥을 기어가는 가난한 불전함

동전 한닢 떨어지는 소리가

또 천년이 걸린다

누더기

당신도 속초 바닷가를 혼자 헤맨 적이 있을 것이다

바다로 가지 않고

노천횟집 지붕 위를 맴도는 갈매기들과 하염없이 놀다가

저녁이 찾아오기도 전에 여관에 들어

벽에 옷을 걸어놓은 적이 있을 것이다

잠은 이루지 못하고

휴대폰은 꺼놓고

우두커니 벽에 걸어놓은 옷을 한없이 바라본 적이 있을 것이다

창 너머로 보이는 무인등대의 연분홍 불빛이 되어

한번쯤 오징어잡이배를 뜨겁게 껴안아본 적이 있을 것이다

그러다가 먼동이 트고

설악이 걸어와 똑똑 여관의 창을 두드릴 때

당신도 설악의 품에 안겨 어깨를 들썩이며 울어본 적이 있을 것
이다

아버지같이 묵묵히 등을 쓸어주는

설악의 말 없는 말을 들어본 적이 있을 것이다

지금까지 내가 살아온 것은

바다가 보이는 여관방에 누더기 한 벌 걸어놓은 일이라고
걸어놓은 누더기 한 벌 바라보는 일이라고

북극성

신발끈도 매지 않고
나는 평생 어디를 다녀온 것일까
도대체 누구를 만나고 돌아와 황급히 신발을 벗는 것일까
길 떠나기 전에 신발이 먼저 닳아버린 줄도 모르고
길 떠나기 전에 신발이 먼저 울어버린 줄도 모르고
나 이제 어머니가 계시지 않는
어머니의 집으로 돌아와
늙은 신발을 벗고 마루에 걸터앉는다
아들아, 섬 기슭을 향해 힘차게 달려오던 파도가 스러졌다고 해서
바다가 없어지는 것은 아니다
아들아, 비를 피하기 위해 어느 집 처마 밑으로 들어갔다고 해서
비가 그친 것은 아니다
불 꺼진 안방에서
간간이 미소 띠며 들려오는 어머니 말씀
밥 짓는 저녁연기처럼 홀로 밤하늘 속으로 걸어가시는데
나는 그동안 신발끈도 매지 않고 황급히 어디를 다녀온 것일까
도대체 누구를 만나고 돌아와

저 멀리

북극성을 바라보고 있는 것일까

문 없는 문

문 없는 문을 연다

이제 문을 열고 문밖으로 나가야 한다

문 안에 있을 때는 늘 열려 있던 문이

문밖으로 나가려고 하자 갑자기 쾅 닫히고 보이지 않는다

그래도 문 없는 문의 문고리를 당긴다

문은 열리지 않는다

돋움발로 겨우 문밖을 바라본다

어디선가 잠깐 새소리가 들릴 뿐 아무런 풍경도 보이지 않는다

오래전에 내 손을 잡고 문 안으로 들어온 사람과

그 사람이 가슴에 가득 안고 들어온 산과 바다가 있는 풍경도

어느새 나를 버리고 문밖으로 나가 보이지 않는다

눈물은 나지 않는다

이제 굳이 문 안으로 걸어들어오던 때를 그리워할 필요는 없다

문 안에서 늘 문이 닫힐까봐 두려워하던

문 안에서 늘 문밖을 바라보며 살아온 나를

이제 와서 탓하지는 말아야 한다

문 없는 문의 손잡이를 다시 잡는다

문은 없어도 문은 열린다

마디

봄밤에 오늘의 마지막 열차를 타고 가다가

전동차 통로 바닥에 죽순이 돋아나는 것을 보았다

안국역에서 학여울역까지 가는 동안

사람들이 마구 짓밟고 가는데도 죽순은 쑥쑥 거침없이 자라

전동차 안이 푸른 대나무숲으로 변하는 것을 보았다

멀리 담양 소쇄원 대숲에서 불어온 바람인가

사각사각 댓잎에 바람 스쳐지나가는 소리 들리고

한강의 야윈 불빛들이 저마다 댓잎에 앉아

쓸쓸히 웃으면서 흘러간 사랑을 이야기한다

전동차의 피곤한 바퀴를 쓰다듬어주는 저 허연 대나무 뿌리도

지난겨울을 견디기 몹시 힘들었을 것이다

나는 하모니카를 불며 구걸하는 시각장애인들과 같이

오랫동안 대나무 마디마다 쓰다듬으며 말없이 말했다

대나무가 거친 바람에도 결코 쓰러지지 않는 것은

바로 마디가 있기 때문이라고

내가 휘청거리면서 그래도 쓰러지지 않는 것은

내 눈물에도 마디가 있기 때문이라고

물고기에게 젖을 먹이는 여자

물고기들이 물속에서
물을 먹지 못하고
둥둥 떠내려갈 때
깊은 바다
바닥이 없는 바다의 물고기들이
물속에서 물에 빠져 허우적거릴 때
결국은 엄마를 잃고 모든 물고기들이
물속에서 목이 마를 때
급히 브래지어를 밀쳐올리고
물고기에게 젖을 먹이는 여자
첫아기를 낳은 젊은 엄마처럼
튼튼한 젖가슴을 드러내고
물고기에게 배불리 젖을 먹이는 여자
망망한 바다
갈매기도 없는 바다의 물고기들이
수평선에 목이 걸려 죽어갈 때에도
수평선을 풀어주고
하루종일 젖을 먹이는 여자

나 그 여자에게 다가가

젖 달라고 우네

아기처럼

손가락

내 손가락이 자꾸 나를 가리킨다

내가 검지손가락으로 정확히 당신을 가리키면

내 손가락이 서서히 방향을 틀어 나를 가리킨다

내가 검지손가락을 치켜들고 당신을 향해 삿대질을 하면

내 손가락이 나를 향해 하루종일 삿대질을 한다

한때는 내 손가락에도 산수유가 피었으나

내 손가락이 가리키는 곳마다 길이 되었으나

지금은 꽃도 피지 않고 길도 무너지고

내 책상 앞에 붙여놓은 사진 속의 반가사유상도

살며시 턱을 괸 손가락을 들어 나를 가리킨다

내가 한 여자의 남자가 되어 처음으로 불국사를 찾았을 때

비로전에서 반가이 나를 맞이하던 비로자나불도

고요히 감싸쥐고 있던 손가락을 들어 나를 가리키며

빙긋이 미소짓는다

나는 자꾸 나를 가리키는 손가락을 들고 길을 걷다가

어느 첫눈 오는 날 내 손가락을 잘라버린다

흰 눈 위에 뚝뚝 피를 흘리는 내 손가락을 주워

하나는 불국사 쓰레기통에 던져버리고

또 하나는 땅에 심는다

넘어짐에 대하여

나는 넘어질 때마다 꼭 물 위에 넘어진다
나는 일어설 때마다 꼭 물을 짚고 일어선다
더 이상 검은 물속 깊이 빠지지 않기 위하여
잔잔한 물결
때로는 거친 삼각파도를 짚고 일어선다

나는 넘어지지 않으려고 할 때만 꼭 넘어진다
오히려 넘어지고 있으면 넘어지지 않는다
넘어져도 좋다고 생각하면 넘어지지 않고
천천히 제비꽃이 핀 강둑을 걸어간다

어떤 때는 물을 짚고 일어서다가
그만 물속에 빠질 때가 있다
그럴 때는 아예 물속으로 힘차게 걸어간다
수련이 손을 뻗으면 수련의 손을 잡고
물고기들이 앞장서면 푸른 물고기의 길을 따라간다

아직도 넘어질 일과

일어설 시간이 남아 있다는 것은 큰 축복이다

일으켜세우기 위해 나를 넘어뜨리고

넘어뜨리기 위해 다시 일으켜세운다 할지라도

낡은 의자를 위한 저녁기도

그동안 내가 앉아 있었던 의자들은 모두 나무가 되기를
더 이상 봄이 오지 않아도 의자마다 싱싱한 뿌리가 돋아
땅속 깊이깊이 실뿌리를 내리기를
실뿌리에 매달린 눈물들은 모두 작은 미소가 되어
복사꽃처럼 환하게 땅속을 밝히기를

그동안 내가 살아오는 동안 앉아 있었던 의자들은 모두
플라타너스 잎새처럼 고요히 바람에 흔들리기를
더 이상 새들이 날아오지 않아도 높게 높게 가지를 뻗어
별들이 쉬어가는 숲이 되기를
쉬어가는 별마다 새가 되기를

나는 왜 당신의 가난한 의자가 되어주지 못하고
당신의 의자에만 앉으려고 허둥지둥 달려왔는지
나는 왜 당신의 의자 한번 고쳐주지 못하고
부서진 의자를 다시 부수고 말았는지

산다는 것은 결국

낡은 의자 하나 차지하는 일이었을 뿐

작고 낡은 의자에 한번 앉았다가

일어나는 일이었을 뿐

수화합창

봄비를 맞으며 걸어가는 초등학생들의 맑은 발소리를 듣는다

봄눈을 맞으며 보리밭을 밟는 아버지의 다정한 발소리를 듣는다

햇살을 보고 살며시 웃음 터뜨리는 아침 이슬들의 웃음소리를
듣는다

한순간 정신없이 퍼붓는 소나기에 나뭇잎들이 장난을 치며 목욕
하는 소리를 듣는다

나무들과 뜨겁게 사랑을 나누는 참매미들의 요란한 합창소리를
듣는다

절벽에 부딪혔다가 슬쩍 웃으면서 물러나는 수줍은 강물소리를
듣는다

나뭇가지에 앉은 새들이 일제히 나뭇가지를 흔들며 떠나가는 소
리를 듣는다

가랑잎들이 굴러가다가 사람들 발에 밟혀 우는 소리가 들린다

오솔길을 기어가는 달팽이들이 사람들의 발에 소리없이 밟히는
소리가 들린다

번개 몰래 심심하면 먹구름을 때리는 천둥소리가 들린다

엄마를 찾아 산그늘로만 산그늘로만 날아다니는 아기산새의 울

음소리가 들린다

　달빛과 별빛이 서로 손을 꼭 잡고 잠드는 소리가 들린다

여름밤

아파트 경비원 혼자 라면을 끓인다
한 평 남짓한 좁은 경비실에 앉아
입을 벌리고 졸다가 일어나
끓인 라면을 혼자 먹는다
한낮에 맑게 울던 매미는 울지 않고
오늘따라 별들도 보이지 않고
밤늦게 주차하는 자동차의 찬란한 불빛을 뚫고
키 작은 소녀
김치 한 사발을 들고 온다
인간에게는 왜 도둑이 있는지
인간이 왜 아파트를 지켜야 하는지
인생을 지키기도 힘든 여름밤
거미줄이 내 얼굴에 걸려 무너진다
나는 아직 거미의 먹이가 되지 못하고
거미의 일생만 뒤흔들어놓는다

빈 벽

벽에 걸어두었던 나를 내려놓는다

비로소 빈 벽이 된 벽이 가만히 다가와

툭툭 아버지처럼 내 가슴에 켜켜이 쌓인 먼지를 털어준다

못은 아직 빈 벽에 그대로 박혀 있다

빈 벽은 누구에게나 녹슨 못 하나쯤 운명처럼 박혀 있다고

못을 뽑으려는 나를 애써 말린다

지금까지 내 죄의 무게까지 견디고 있었던 저 못의 일생에 대해

내가 무슨 감사의 말을 할 수 있을까

나는 나를 벽에 걸어놓아야만 벽이 아름다워지는 줄 알았다

내가 벽에 걸려 있어야만 인간이 아름다워지는 줄 알았다

밤하늘이 아름다운 것은

스러져 보이지 않는 별들 때문이라는 것을 알지 못하고

캄캄한 내 눈물의 빈방에

한 줄기 밝은 햇살이 비치는 것은

사라져 보이지 않는 어둠 때문이라는 것을 알지 못하고

빈 벽이 되고 나서 비로소 나는 벽이 되었다

좌변기에 대한 고마움

좌변기가 내 어머니의
또다른 육체라는 사실을 알고 난 다음날부터
좌변기가 이 세상 모든 어머니의
자궁의 일부로 만들어졌다는 사실을 알고 난 다음날부터
나는 비로소 감사할 줄 아는 인간이 되었다

좌변기가 내 어머니의 마음의 골짜기
이 세상 모든 어머니들의 사랑의 골짜기
그 눈 녹은 물이 흐르는
봄의 골짜기라는 사실을 알고 난 다음날부터
나는 좌변기에 감사할 줄 아는 인간이
가장 아름다운 인간이라는 사실을 알게 되었다

오늘은 일찌감치 집으로 돌아와
좌변기에 앉아 마음의 똥을 눈 뒤
정성스레 비누칠을 하고 샤워기로 흰 물을 뿌리고
좌변기를 목욕시켜드린다

어머니

그동안 참 많이 늙으셨다

생일

아내가 끓여준 미역국에 밥을 말아먹다가

내가 먹던 밥을 개에게 주고

개가 먹던 밥을 내가 핥아먹는다

식구들의 박수를 받으며 촛불을 끄고 축하 케이크를 먹다가

내가 먹던 케이크를 고양이에게 주고

고양이가 먹던 생선대가리를 내가 뜯어먹는다

오늘은 내 생일이므로

짐승의 마음이 인간의 모습으로 태어난 날이므로

개밥그릇을 물고 거리로 나가 유기견들에게 내 심장을 떼어주고

길고양이들에게 내 콩팥을 떼어주고

물끄러미 소나기 쏟아지는 거리를 바라본다

벌써 며칠째 인터넷 접속이 되지 않는다고

답답해 미치겠다고 사람들은 이리저리 뛰어다니고

한여름에 겨울점퍼를 입은 노숙자 한 사람이 빗속에 쓰러진다

나는 젖은 돌멩이로 떡을 만들어 그에게 주고

흙으로 막걸리를 빚어 나눠 마시고

신나게 꼬리를 흔들다가

아직 태어나지 않은 나에게 말한다

부디 다시는 태어나지 말라고

태어나지 않은 날이야말로 내 생일이라고

용서

달라이 라마
당신에게도 용서할 수 없는 게 있지
용서에도 연습이 필요하다고
내가 다른 사람의 잘못을 한 가지 용서하면
신은 나의 잘못을 두 가지나 용서한다고
살면서 얼마나 많이 남을 용서했느냐에 따라
신이 나를 용서한다고
불쌍한 내 귀에 아무리 속삭여도

달라이 라마
당신에게도 결코 용서할 수 없는 슬픔이 있지
용서만이 인간의 최선의 아름다움이 아닐 때가 있지
내가 내 상처의 뒷골목을 휘청거리며 걸어갈 때
내가 내 분노의 산을 헉헉거리며 올라가
기어이 절벽 아래로 뛰어내릴 때
아버지처럼 다정히 내 어깨를 감싸안고
용서하는 일보다 용서를 청하는 일이 더 중요하다고
용서할 수 없으면 차라리 잊기라도 하라고

거듭거듭 말씀하셔도

달라이 라마
당신에게도 결코 용서할 수 없는 분노가 있지
히말라야의 새벽보다 먼저 일어나
설산에 홀로 뜬 초승달을 바라보며
문득 외로움에 젖을 때가 있지
야윈 부처님의 어깨에 기대어
용서보다 먼저 눈물에 젖을 때가 있지

시각장애인과 함께 한 저녁식사 시간

하루살이는 하루만 살 수 있다는데
불행히도 하루종일 비가 올 때가 있다고
그래도 감사한 마음으로 열심히 살아간다고
어느 비오는 날 점자도서관 구내식당에서
시각장애인들과 함께 저녁식사를 하면서
나는 왜 불쑥 그런 말을 하고 말았는지

제비가 둥지를 틀 때는
지난해 지었던 집에 둥지를 틀지 않고
반드시 그 옆에 새집을 지어 둥지를 튼다고
우리도 언제 어디서나 새로운 둥지를 틀 수 있다고
내가 왜 그런 말을 하면서
열심히 콩나물국을 떠먹고 있었는지

내 밥그릇에 앉았던 파리 한 마리가
밥알을 흘리지 않으려고 조심스럽게 숟가락질을 하는
시각장애인의 밥그릇에 앉으려고 해서
내가 손으로 파리를 멀리 쫓았으면 쫓았지

왜 그런 말을 하며

질경질경 밥을 씹어먹고 있었는지

봄비

어느날
썩은 내 가슴을
조금 파보았다
흙이 조금 남아 있었다
그 흙에
꽃씨를 심었다

어느날
꽃씨를 심은 내 가슴이
너무 궁금해서
조금 파보려고 하다가
봄비가 와서
그만두었다

결빙

결빙의 순간은 뜨겁다
꽝꽝 얼어붙은 겨울 강
도도히 흐르는 강물조차
일생에 한번은
모든 흐름을 멈추고
서로 한몸을 이루는
순간은 뜨겁다

밥값

어머니
아무래도 제가 지옥에 한번 다녀오겠습니다
아무리 멀어도
아침에 출근하듯이 갔다가
저녁에 퇴근하듯이 다녀오겠습니다
식사 거르지 마시고 꼭꼭 씹어서 잡수시고
외출하실 때는 가스불 꼭 잠그시고
너무 염려하지는 마세요
지옥도 사람 사는 곳이겠지요
지금이라도 밥값을 하러 지옥에 가면
비로소 제가 인간이 될 수 있을 겁니다

젊은 느티나무에게 고백함

부석사 무량수전 배흘림기둥이
젊은 느티나무의 마음으로 만들어진 것을
알아도 너무 늦게 알았습니다
무량수전 무거운 기와지붕을
열여섯개 배흘림기둥이 받치고 선 까닭이
천년 전
느티나무가 사랑했던 모란 때문임을
늦어도 너무 늦게 알았습니다
오늘 홀로 배흘림기둥에 기대서서
느티나무 무늬로 남은 모란꽃을 쓰다듬어봅니다
오늘부터 다시 천년 동안
무량수전 열일곱번째 배흘림기둥이 되어
당신을 받치고 서 있겠습니다

명동성당

바보가 성자가 되는 곳
성자가 바보가 되는 곳
돌멩이도 촛불이 되는 곳
촛불이 다시 빵이 되는 곳

홀연히 떠났다가 다시 돌아올 수 있는 곳
돌아왔다가 고요히 다시 떠날 수 있는 곳
죽은 꽃의 시체가 열매 맺는 곳
죽은 꽃의 향기가 가장 멀리 향기로운 곳

서울은 휴지와 같고
이 시대에 이미 계절은 없어
나 죽기 전에 먼저 죽었으나
하얀 눈길을 낙타 타고 오는 사나이
명동성당이 된 그 사나이를 따라
나 살기 전에 먼저 살았으나

어머니를 잃은 어머니가 찾아오는 곳

아버지를 잃은 아버지가 찾아와 무릎 꿇는 곳

종을 잃은 종소리가 영원히

울려퍼지는 곳

짐

내 짐 속에는 다른 사람의 짐이 절반이다
다른 사람의 짐을 지고 가지 않으면
결코 내 짐마저 지고 갈 수 없다
길을 떠날 때마다
다른 사람의 짐은 멀리 던져버려도
어느새 다른 사람의 짐이
내가 짊어지고 가는 짐의 절반 이상이다
풀잎이 이슬을 무거워하지 않는 것처럼
나도 내 짐이 아침 이슬이길 간절히 바랐으나
이슬에도 햇살의 무게가 절반 이상이다
이제 짐을 내려놓고 별을 바라본다
지금까지 버리지 않고 지고 온 짐덩이 속에
내 짐이 남아 있는 것은 아무것도 없다
내가 비틀거리며 기어이 짊어지고 온
다른 사람의 짐만 남아 있다

타인

내가 나의 타인인 줄 몰랐다

우산을 쓰고 횡단보도를 건너며

공연히 나를 힐끔 노려보고 가는 당신이

지하철을 탈 때마다 내가 내리기도 전에 먼저 타는 당신이

산을 오를 때마다 나보다 먼저 올라가버리는 산길이

꽃을 보러 갈 때마다 피지도 않고 먼저 지는 꽃들이

전생에서부터 아이들을 낳고 한집에 살면서

단 한번도 행복한 순간이 없었다고 말하는 당신이

나의 타인인 줄 알았으나

내가 바로 당신의 타인인 줄 몰랐다

해가 지도록

내가 바로 나의 타인인 줄 몰랐다

충분한 불행

나는 이미 충분히 불행하다
불행이라도 충분하므로
혹한의 겨울이 찾아오는 동안
많은 것을 잃었지만 모든 것을 잃지는 않았다
죽음이란 보고 싶을 때 보지 못하는 것
보지 못하지만 살아갈수록 함께 살아가는 것
더러운 물에 깨끗한 물을 붓지 못하고
깨끗한 물에 더러운 물을 부으며 살아왔지만
나의 눈물은 뜨거운 바퀴가 되어
차가운 겨울 거리를 굴러다닌다
남의 불행에서 위로를 받았던 나의 불행이
이제 남의 불행에게 위로가 되는 시간
밤늦게 시간이 가득 든 검은 가방을 들고
종착역에 내려도
아무데도 전화할 데가 없다

폐사지처럼 산다

요즘 어떻게 사느냐고 묻지 마라
폐사지처럼 산다
요즘 뭐 하고 지내느냐고 묻지 마라
폐사지에 쓰러진 탑을 일으켜세우며 산다
나 아직 진리의 탑 하나 세운 적 없지만
죽은 친구의 마음 사리 하나 넣어둘
부도탑 한번 세운 적 없지만
폐사지에 처박혀 나뒹구는 옥개석 한 조각
부둥켜안고 산다
가끔 웃으면서 라면도 끓여먹고
바람과 풀도 뜯어먹고
부서진 석등에 불이나 켜며 산다
부디 어떻게 사느냐고 다정하게 묻지 마라
너를 용서하지 못하면 내가 죽는다고
거짓말도 자꾸 진지하게 하면
진지한 거짓말이 되는 일이 너무 부끄러워
입도 버리고 혀도 파묻고
폐사지처럼 산다

죄송합니다

아직 숟가락을 들고 있어서 죄송합니다

도대체 뭘 얻어먹을 게 있다고

해는 지는데

숟가락을 들고 하루종일

지하철을 헤매고 다녀서 죄송합니다

살얼음 낀 한강에 떠다니는 청둥오리들

우두커니 바라보아서 죄송합니다

한강대교 위에서 하늘로 힘껏 던진 돌멩이들

별이 되지 못해서 죄송합니다

믿음이 없으면서도 그분의 옷자락에 손을 대고

그분의 신발에 입맞추어서 죄송합니다

진주조개를 돌로 내리쳐서

채 만들어지지도 않은 진주를 꺼낸 일도 죄송합니다

겨울비 내리는 서울역 뒷골목

오늘도 흰 구름이 찾아오지 않아서 죄송합니다

언제나 시작도 없이 끝만 있어서 죄송합니다

나는 아직 낙산사에 가지 못한다

나는 아직 낙산사에 가지 못한다

낙산사에 버리고 온 나를 찾아가지 못한다

의상대 붉은 기둥에 기대 울다가

비틀비틀 푸른 수평선 위로 걸어가던 나를

슬그머니 담배꽁초처럼 버리고 온 뒤

아직 나를 용서하지 못하는 나를 용서하지 못한다

이제는 봄이 와도 내 손에 풀들이 자라지 않아

머리에 새들도 집을 짓지 않아

그 누구에게도 온전한 기쁨을 드리지 못하고

나를 기다리는 나를 만나러 가는 길을 이미 잊은 지 오래

동해에서는 물고기들끼리 서로 부딪치지 않고

별들도 떼지어 움직이면서 서로 부딪치지 않는데

나는 나를 만나기만 하면 서로 부딪쳐

아직 낙산사에 가지 못한다

낙산사 종소리도 듣지 못한다

뒷모습

그동안 나는
내 뒷모습이 아름다워지기를 바라는 사치를 부려왔다
내 뒷모습에 가끔 함박눈이 내리고
세한도의 소나무가 서 있고
그 소나무에 흰 눈꽃이 피기를 기다려왔으나
내 뒷모습에도 그믐달 같은 슬픈 얼굴이 있었다
오늘은 내 뒷모습에 달린 얼굴을 향해 개가 짖는다
아이들이 달려와 돌을 던진다
뒷모습의 그림자끼리 비틀비틀 걸어가는 어두운 골목
보행등의 흐린 불빛조차 꺼져버린다
내일은 내 남루한 뒷모습에 강물이 흘러라
내 뒷모습의 얼굴은 둥둥 강물에 떠내려가
배고픈 백로한테 쪼아먹혀라

다산 주막

홀로 술을 들고 싶거든 다산 주막으로 가라

강진 다산 주막으로 가서 잔을 받아라

다산 선생께서 주막 마당을 쓸고 계시다가

대빗자루를 거두고 꼿꼿이 허리를 펴고 반겨주실 것이다

주모가 차려준 조촐한 주안상을 마주하고

다산 선생의 형형한 눈빛이 달빛이 될 때까지

이 시대의 진정한 취객이 될 수 있을 것이다

겨울 창밖으로 지나가는 딱딱한 구름과 술을 들더라도

눈물이 술이 되면 일어나 다산 주막으로 가라

술병을 들고 고층아파트 옥상에서 뛰어내리지 말고

무릎으로 걸어서라도 다산 주막으로 가라

강진 앞바다 갯벌 같은 가슴을 열고

다산 선생께서 걸어나와 잔을 내미실 것이다

참수당한 눈물의 술잔을 기울이실 것이다

무릎을 꿇고 막사발에 가득

다산 선생께 푸른 술을 올리는 동안

눈물은 기러기가 되어 날아갈 것이다

시계의 잠

누구나 잃어버린 시계 하나쯤 지니고 있을 것이다

누구나 잃어버린 시계를 우연히 다시 찾아

잠든 시계의 잠을 깨울까봐 조용히 밤의 TV를 끈 적이 있을 것이다

시계의 잠 속에 그렁그렁 눈물이 고여 있는 것을 보고

그 눈물 속에 당신의 고단한 잠을 적셔본 적이 있을 것이다

그동안 나의 시계는 눈 덮인 지구 끝 먼 산맥에서부터 걸어왔다

폭설이 내린 보리밭길과

외등이 깨어진 어두운 골목을 끝없이 지나

술 취한 시인이 방뇨를 하던 인사동 골목길을 사랑하고 돌아

왔다

오늘 내 시계의 잠 속에는

아파트 현관 복도에 툭 떨어지는 조간신문 소리가 침묵처럼 들

린다

오늘 아침에도 나는 너의 폭탄테러에 죽었다가 살아났다

서울역 지하도에서 플라스틱 물병을 베고 잠든

노숙자의 잠도 다시 죽었다가 살아나고

내 시계의 잠 속에는 오늘

폭설이 내리는 불국사 새벽종 소리가 들린다

포탈라 궁에서 총에 맞아 쓰러진 젊은 라마승의 선혈 소리가 들
린다
판문점 돌아오지 않는 다리 위를
부지런히 손을 잡고 걸어가는 젊은 애인들이 보인다
스스로 빛나는 눈부신 아침 햇살처럼
내 가슴을 다정히 쓰다듬어주는 실패의 손길들처럼

부평역

봄비 내리는 부평역
마을버스 정류장 앞
허연 비닐을 뒤집어쓰고
다리 저는 아주머니
밤 깊도록 꽃을 판다
사람들마다 봄이 되라고
살아갈수록 꽃이 되라고
팔다 남은 노란 프리지어 한 묶음
젊은 역무원에게 슬며시
수줍은 듯 건네주고
승강장 노란 불빛 사이로
허옇게 쏟아지는 봄비 속을
절룩절룩 떠나간다
동인천행 막차를 타고
다운증후군 아들의
어린 손을 꼭 잡고

눈길

희디흰 눈길 위로
누가 걸어간
발자국이 보인다
새의 발자국이다
다행이다

제 6 부

이슬의 꿈

이슬은 사라지는 게 꿈이 아니다
이슬은 사라지기를 꿈꾸지 않는다
이슬은 햇살과 한몸이 되기를 바랄 뿐이다
이슬이 햇살과 한몸이 된 것을
사람들은 이슬이 사라졌다고 말한다
나는 한때 이슬을 풀잎의 눈물이라고 생각했다
때로는 새벽별의 눈물이라고 생각했다
그러나 이슬은 울지 않는다
햇살과 한몸을 이루는 기쁨만 있을 뿐
이슬에게는 슬픔이 없다

슬픔의 나무

살아서는 그 나무에 가지 못하네
그 나무 그늘에 앉아 평생 쉬지 못하네
그 나무에 핀 붉은 꽃도 바라보지 못하고
그 나무의 작은 열매도 먹지 못하네
내 한마리 도요새가 되어 멀리 날아가도
그 나무 가지 위에는 결코 앉지 못하네
나는 기다릴 수 없는 기다림을 기다려야 하고
용서할 수 없는 용서를 용서해야 하고
분노에 휩싸이면 죽은 사람처럼 죽어야 하고
지금 있는 그대로의 나를 다 받아들여야 하네
그래야만 죽어서는 그 나무에 갈 수 있다네
살아 있을 때 짊어진 모든 슬픔을
그 나무 가지에 매달아놓고 떠나갈 수 있다네

여행

사람이 여행하는 곳은 사람의 마음뿐이다
아직도 사람이 여행할 수 있는 곳은
사랑하는 사람의 마음의 오지뿐이다
그러니 사랑하는 이여 떠나라
떠나서 돌아오지 마라
설산의 창공을 나는 독수리들이
유유히 나의 심장을 쪼아 먹을 때까지
쪼아 먹힌 나의 심장이 먼지가 되어
바람에 흩날릴 때까지
돌아오지 마라
사람이 여행할 수 있는 곳은
사람의 마음의 설산뿐이다

손을 흔든다는 것

잘 있어라

눈빛은 차마 너를 보지 못하고

잘 가거라

마른침을 삼키며

호스피스 병동 병실에 누워

마지막으로 너를 향해

손을 흔든다는 것

창가의 어린 나뭇가지를 향해

나뭇가지에 앉은 흰 눈송이를 향해

차마 슬프다는 말은 하지 못하고

천천히 손을 흔든다는 것

인간이 인간에게 마지막으로

말없이 손을 흔든다는 것

그것은 풀잎이 땅을 흔든다는 것

별들이 밤하늘을 흔든다는 것

그래도 어디에서든

그 어느 때든

다시 만나자는 것

혀를 위하여

봄이 와도 내 혀가 자라지 않기를
산수유 피는 노란 봄날이 와도
더 이상 내 혀에 봄이 오지 않기를
해마다 내 혀는 자라
꽃이 피고 가지마다 거짓의 푸른 우듬지는 돋아
나는 후회한다
무릎을 꿇고 참회할 시간이 얼마 남지 않았다
입춘이 지나면 운주사 석불들이
한해 동안 자란 혀를 스스로 자르듯
나도 내 혀를 잘라
곰소젓갈 담그듯 천일염에 담그거나
배고픈 개들에게 던져줘야 한다
침묵의 말을 잊은
내 거짓의 검은 혀를 위하여
봄이 와도 내 혀는 산새가 되어 멀리 날아가라
날아가 다시는 돌아오지 마라

속죄

너희 중에 누구든지 죄 없는 사람이 먼저
저 여자를 돌로 쳐라

나는 그만 돌을 들어 그 여자를 치고 말았다

오늘도 새들이 내 얼굴에 침을 뱉고 간다

꼬리가 달린 남자

어느날 내가 키우던 개가 말했다
죽기 전에 내게 꼬리를 주고 싶다고
나는 웃으면서 손사래를 쳤으나
다음 날 아침 내 몸에 꼬리가 붙어 있었다
나는 놀라 얼른 화장실에 들어가 발가벗고
아무리 꼬리를 떼어내려 해도 떼어낼 수가 없었다
나는 하는 수 없이 꼬리가 달린 남자가 되어
개처럼 거리를 어슬렁거렸다
그 꼬리로 시를 쓰라고
누구보다도 내가 사랑하는 여자가 킬킬거렸다
그동안 개 같은 인간을 인간으로 생각하지 않은 게
나의 가장 큰 실수였을까
나는 꼬리가 달린 시인이 되어 성당에 가서
의자에 앉지는 못하고 서서 기도하다가 울었다
지금까지 내가 인생에게 속으며 살아온 것은
내가 인생을 속이며 살아왔기 때문이라고
울면서 기도했다

자존심에 대한 후회

나에겐 버릴 수 있는 자존심이 너무 많은 게 탈이었다
돈과 혁명 앞에서는 가장 먼저 가장 큰 자존심을 버려야 했다
버릴 수 없으면 죽이기라도 해야 내가 사는 줄 알았다
칼을 들고 내 자존심의 안방 문을 열고 들어가
자객처럼 자존심의 심장에 칼을 꽂아도
자존심은 늘 웃으면서 산불처럼 되살아났다
어떤 자존심은 도끼로 뿌리까지 내리찍어도
산에 들에 나뭇가지처럼 파랗게 싹이 돋았다
버릴 수 있는 자존심이 너무 많아서 슬펐던 나의 일생은
이미 눈물로 다 지나가고
이제 마지막 하나 남은
죽음의 자존심은 노모처럼 성실히 섬겨야 한다
자존심에도 눈이 내리고 꽃이 피는지
겨울새들이 찾아와 맛있게 먹고 가는
산수유 붉은 열매가 달려 있다

종착역

종착역에 내리면 술집이 있다
바다가 보이는 푸른 술집이 있다
술집의 벽에는
고래 한마리 수평선 위로 치솟아오른다
사람들은 기차에서 내리지 않고
종착역이 출발역이 되기를 평생 기다린다
나는 가방을 들고 기차에서 내려
술집의 벽에 그려진 향유고래와 술을 마신다
매일 죽는 게 사는 것이라고
필요한 것은 하고 원하는 것은 하지 말라고
고래가 잔을 건넬 때마다 술에 취한다
풀잎 끝에 앉아 있어야 아침 이슬이 아름답듯이
고래 한마리 수평선 끝으로 치솟아올라야
바다가 아름답듯이
기차도 종착역에 도착해야 아름답다
사람도 종착역에 내려야 아름답다

산수유에게

늙어가는 아버지를 용서하라
너는 봄이 오지 않아도 꽃으로 피어나지만
나는 봄이 와도 꽃으로 피어나지 않는다
봄이 가도 꽃잎으로 떨어지지 않는다
내 평생 꽃으로 피어나는 사람을 아름다워했으나
이제는 사람이 꽃으로 피어나길 바라지 않는다
사람이 꽃처럼 열매 맺길 바라지 않는다
늙어간다고 사랑을 잃겠느냐
늙어간다고 사랑도 늙겠느냐

마지막 첫눈

마지막 첫눈을 기다린다
플라타너스 한그루 옷을 벗고 서 있는
커피전문점 흐린 창가에 앉아
모든 기다림을 기다리지 않기로 하고
마지막 첫눈이 오기를 기다린다

첫눈은 내리지 않는다
이제 기다린다고 해서 첫눈은 내리지 않는다
내가 첫눈이 되어 내려야 한다
첫눈으로 내려야 할 가난한 사람들이
배고파 걸어가는 저 거리에
내가 첫눈이 되어 펑펑 쏟아져야 한다

오늘도 서울역까지 혼자 걸었다
돌아오는 길에 명동성당의 종소리가 들렸다
땅에는 저녁별들이 눈물이 되어 굴러다니고
내가 소유한 모든 것을 버릴 수 없어
나는 오늘도 그의 제자가 될 수 없었다

별들이 첫눈으로 내린다

가장 빛날 때가 가장 침묵할 때이던 별들이

드디어 마지막 첫눈으로 내린다

커피전문점 어두운 창가에 앉아

다시 찾아올 성자를 기다리며

첫눈으로 내리는 흰 별들을 바라본다

신발 정리

당신 떠난 지 언제인데

아직 신발 정리를 못했구나

창 너머 개나리는 또 피는데

당신이 신고 가리라 믿었던 신발만 남아

오늘은 식구들과 강가에 나가

당신의 모든 신발을 태운다

당신이 돌아다닌 길을 모두 태운다

푸른 강물의 물결 위로

신발 타는 검은 연기가 잠시 머무는 것을 보고 생각했다

그날 당신이 떠나던 날

당신을 만나러 조문객들이 자꾸 몰려오던 날

나는 문간에서

이리저리 흩어지고 뒤집힌 그들의 구두를 정리했다

이제 산 자의 신발을 정리하는 일과

죽은 자의 신발을 정리하는 일이

무엇이 다르랴

불빛

때때로 과거에 환하게 불이 켜질 때가 있다
처음엔 어두운 터널 끝에서 차차 밝아오다가
터널을 통과하는 순간 갑자기 확 밝아오는 불빛처럼
과거에 환하게 불이 켜질 때가 있다
특히 어두운 과거의 불행에 환하게 불이 켜져
온 언덕을 뒤덮은 복숭아꽃처럼 불행이 눈부실 때가 있다
봄밤의 거리에 내걸린 초파일 연등처럼
내 과거의 불행에 붉은 등불이 걸릴 때
그 등불에 눈물의 달빛이 반짝일 때
나는 밤의 길을 걷다가 걸음을 멈추고 잠시 고개를 숙인다
멀리 수평선을 오가는 배들의 상처를 어루만지기 위해
등대가 환히 불을 밝히는 것처럼
오늘 내 과거의 불행의 등불이 빛난다는 것은 감사한 일이다
살아갈수록 후회해야 할 일보다 감사해야 할 일이 더 많아
언젠가 만났던 과거불(過去佛)의 미소인가
불행의 등불을 들고 길을 걸으면 인생이 다 환하다

아버지의 마지막 하루

오늘은 면도를 더 정성껏 해드려야지
손톱도 으깨어진 발톱도 깎아드리고
내가 누구냐고 자꾸 물어보아야지
TV도 켜드리고 드라마도 재미있게 보시라고
창밖에 잠깐 봄눈이 내린다고
새들이 집을 짓기 시작한다고
귀에 대고 더 큰 소리로 자꾸 말해야지

울지는 말아야지
아버지가 실눈을 떠 마지막으로 나를 바라보시면
활짝 웃어야지
어릴 때 아버지가 내 볼을 꼬집고 웃으셨듯이
아버지의 야윈 볼을
살짝 꼬집고 웃어야지

가시다가 뒤돌아보지 않으셔도 된다고
굳이 손을 흔들지 않으셔도 된다고
가시다가 중국음식점 앞을 지나가시더라도

짜장면을 너무 드시고 싶어하지 마시라고
아니, 짜장면 한 그릇 잡수시고 가시라고
말해야지

텅 빈 아버지의 입속에 마지막으로
귤 향기가 가득 아버지의 일생을 채우도록
귤 한 조각 넣어드리면서
사랑하는 사람과 이별하기 때문에 죽음이 아픈 것이라고
굳이 말씀하지 않으셔도 된다고
아는 사람은 다 안다고

손에 대한 예의

가장 먼저 어머니의 손등에 입을 맞출 것
하늘 나는 새를 향해 손을 흔들 것
일 년에 한번쯤은 흰 눈송이를 두 손에 고이 받을 것
들녘에 어리는 봄의 햇살은 손안에 살며시 쥐어볼 것
손바닥으로 풀잎의 뺨은 절대 때리지 말 것
장미의 목을 꺾지 말고 때로는 장미가시에 손가락을 찔릴 것
남을 향하거나 나를 향해서도 더 이상 손바닥을 비비지 말 것
손가락에 침을 묻혀가며 지폐를 헤아리지 말고
눈물은 손등으로 훔치지 말 것
손이 멀리 여행가방을 끌고 갈 때는 깊이 감사할 것
더 이상 손바닥에 못 박히지 말고 손에 피 묻히지 말고
손에 쥔 칼은 항상 바다에 버릴 것
손에 많은 것을 쥐고 있어도 한 손은 늘 비워둘 것
내 손이 먼저 빈손이 되어 다른 사람의 손을 자주 잡을 것
하루에 한번씩은 꼭 책을 쓰다듬고
어둠 속에서도 노동의 굳은살이 박인 두 손을 모아
홀로 기도할 것

지푸라기

나는 길가에 버려져 있는 게 아니다
먼지를 일으키며 바람 따라 떠도는 게 아니다
지푸라기라도 잡고 싶은 당신을 오직 기다릴 뿐이다
내일도 슬퍼하고 오늘도 슬퍼하는
인생은 언제 어디서나 다시 시작할 수 없다고
오늘이 인생의 마지막이라고
길바닥에 주저앉아 우는 당신이
지푸라기라도 잡고 다시 일어서길 기다릴 뿐이다
물과 바람과 맑은 햇살과
새소리가 섞인 진흙이 되어
허물어진 당신의 집을 다시 짓는
단단한 흙벽돌이 되길 바랄 뿐이다

내 손에 대한 후회

이제는 주먹을 펴야 한다
주먹을 펴지 않으면
아기가 엄마 젖을 만질 수 없듯이
주먹을 펴고
돌아가신 어머니의 젖가슴을 만져야 한다

더 이상 주먹으로 풀잎을 때리지 말아야 한다
두 주먹을 불끈 쥐고 분노하기보다
두 손을 모으고 기도해야 한다
해가 져도 불끈 주먹을 쥐고 살아와
흰 구름을 향해서도 주먹질만 해

가을에 낙엽 한장 줍지 못하고
지나가는 기차를 향해 손 한번 흔들지 못하고
거리의 배고픈 개미들을 향해 손가락질만 하고
잠들기 전에 아기의 손 한번 잡아보지 못해

이제 분노의 주먹을 펴야 한다
무엇보다 당신의 손을 먼저 잡아야 한다
내 손등에 당신의 눈물이 뚝뚝 떨어지면
당신을 손가락질한 내 손을 탕탕
못질해야 한다

발에 대한 묵상

저에게도 발을 씻을 수 있는
기쁜 시간을 허락해주셔서 감사합니다
여기까지 길 없는 길을 허둥지둥 걸어오는 동안
발에게 미안하다는 생각을 미처 하지 못했습니다
뜨거운 숯불 위를 맨발로 걷기도 하고
절벽의 얼음 위를 허겁지겁 뛰어오기도 한
발의 수고에 대해서는 미처 생각하지 못했습니다
이제 비로소 따뜻한 물에 발을 담그고 발에게 감사드립니다
굵은 핏줄이 툭 불거진 고단한 발등과
가뭄에 갈라진 논바닥 같은 발바닥을 쓰다듬으며
깊숙이 허리 굽혀 입을 맞춥니다
그동안 다른 사람의 가슴을 짓밟지 않도록 해주셔서
결코 가서는 안되는 길을 혼자 걸어가도
언제나 아버지처럼 함께 걸어가주셔서 감사합니다
싸락눈 아프게 내리던 날
가난한 고향의 집을 나설 때
꽁꽁 언 채로 묵묵히 나를 따라오던 당신을 오늘 기억합니다
서울역에는 아직도 가난의 발들이 밤기차를 타고 내리고

신발 없는 발들이 남대문 밤거리를 서성거리지만

오늘 밤 저는 당신을 껴안고 감사히 잠이 듭니다

희망의 그림자

내 지금까지 결코 버리지 않은 게 하나 있다면
그것은 희망의 그림자다
버릴 것을 다 버리고
그래도 가슴에 끝까지 부여안고 있는 게 단 하나 있다면
그것은 해질녘 순댓국집에 들러 술국을 시켜놓고
소주잔을 나누는 희망의 푸른 그림자다
희망의 그림자는 울지 않는다
아무도 함께 가지 않아도 스스로 길이 되어 걸어간다
인간이 저지르는 죄악 중에서 가장 큰 죄악은
희망을 잃는 것이라고
신은 인간의 모든 잘못을 다 용서해주지만
절망에 빠지는 것은 결코 용서해주지 않는다고
희망이 희망의 그림자에게 조용히 말할 때
나는 너의 손을 잡고 흐린 외등의 불빛마저 꺼져버린
막다른 골목길을 돌아나온다

희망식당

희망식당의 물렁물렁한 순두부는 힘이다

희망식당의 가는 콩나물은 길이다

희망식당에 아침이 오면

길 잃은 개미들이 찾아와 밥을 먹는다

배고픈 거미들도 데리고 와 밥을 먹인다

여름이면 우박이 콩자반이 되어주고

햇살이 무채가 되어주고

바람이 가끔 찾아와 설거지를 해주고 가는

희망식당에서는 밥그릇이 희망이다

숟가락도 젓가락도 희망의 손이다

희망식당의 희망은 따뜻하다

희망식당에서는 아무도 작별인사를 하지 않는다

밥을 다 먹고

종이컵에 자판기 커피를 나누어 마시며

다시 만날 아침을 밝게 기약하면

바람이 목민심서의 책장을 넘기며 웃는다

지하철에서 쓴 편지

지하철을 타면 사람들한테서 막 삶은 시래기 냄새가 난다
큰 무쇠솥에 시래기를 삶으며 먼 산을 바라보던 어머니 냄새가
난다
어머니 치맛자락에서 나던 부뚜막 설거지 냄새가 난다
겨우내 처마 밑에 매달아놓았던 무청이 시들어가는 동안
벌레가 먹어 구멍이 숭숭 난 시래기처럼 시들어가던 어머니
서울에서 이미 늙어버린 아들을 용서해주세요
이제는 꽃으로 피어나지도 못하고
열매 맺지도 못하는 아들을 용서해주세요
길 없는 길이 늘 길이었어요
천둥 치는 하늘이 늘 하늘이었어요
정성껏 삶아 걸던 무청처럼 저를 삶아 어머니
저도 햇볕 잘 들고 바람 부는 처마 밑에 매달아주세요
오늘도 지하철을 탈 때마다 무장다리꽃에 앉은 나비가 되어
어머니 무덤가로 날아갑니다

시각장애인 안내견

지하철을 탄 시각장애인 안내견 곁을
노숙자 한 사람이 낡은 허리를 구부리고
손에 든 모자를 내밀며 지나간다
아무도 동전 한닢 넣지 않는다
전동차는 수없이 문이 열렸다가 닫히고
시각장애인 안내견만이 천천히
꿇었던 무릎을 펴고 일어나
천원짜리 지폐 한장을 모자에 넣어주고
다시 주인 곁에 앉아 말없이 나를 바라본다
동호대교를 달리는 차창 밖에 초승달 하나
한강에 몸을 던진다

연북정(戀北亭)

기다림에 지친 사람들은 다 여기로 오라

내 책상다리를 하고 꼿꼿이 허리를 펴고 앉아

가끔은 소맷자락 긴 손을 이마에 대고

하마 그대 오시는가 북녘 하늘 바다만 바라보나니

오늘은 새벽부터 야윈 통통배 한척 지나가노라

새벽별 한두점 떨어지면서 슬쩍슬쩍 내 어깨를 치고 가노라

오늘도 저 멀리 큰 섬이 가려 있어 안타까우나

기다리면 님께서 부르신다기에

기다리면 님께서 바다 위로 걸어오신다기에

연북정 지붕 끝에 고요히 앉은

아침 이슬이 되어 그대를 기다리나니

기다림 없는 사랑이 어디 있느냐

그대의 사랑도 일생에 한번쯤은 아침 이슬처럼

아름다운 순간을 갖게 되기를

묵사발

나는 묵사발이 된 나를 미워하지 않기로 했다
첫눈 내린 겨울산을 홀로 내려와
막걸리 한잔에 도토리묵을 먹으며
묵사발이 되어 길바닥에 내동댕이쳐진 나를 사랑하기로 했다
묵사발이 있어야 묵이 만들어진다는 사실에 비로소
나를 묵사발로 만든 이에게 감사하기로 했다

나는 묵을 만들 수 있는 내가 자랑스럽다
묵사발이 없었다면 묵은 온유의 형태를 잃었을 것이다
내가 묵사발이 되지 않았다면
나는 묵의 온화함과 부드러움을 결코 얻지 못했을 것이다
당신 또한 순하고 연한 묵의
겸손의 미덕을 지닐 수 없었을 것이다
내가 묵사발이 되었기 때문에 당신은 묵이 될 수 있었다
굴참나무에 어리던 햇살과 새소리가 묵이 될 때까지
참고 기다릴 수 있었다

신발

나는 그분의 신발을 들고 다닌다
지금까지 내가 살아오면서 한 일이라고는
그분의 신발을 들고 다닌 일밖에 없다
그분의 신발에 묻은 먼지로 밥을 해먹고
그분의 신발에 담긴 물로 목을 축이며
잠들기 전에 개미처럼 고요히 무릎을 꿇고
그분의 신발에 입 맞춘 일밖에 없다
언제나 내 핏속을 걸어다니시는 그분
내 심장 속을 산책하다가
심장 속에 나무를 심으시는 그분
그 나무가 자라 꽃을 피우지 못해도
그 나무의 열매가 되어주시는 그분
그분은 아무것도 지니지 말고
신은 신발 그대로 따라오라 하셨지만
나는 언제나 새 신발을 사러 가느라
결국 그분을 따라가지 못하고
오늘도 그분의 신발을 들고 다닌다
그분의 발에 밟혀도 죽지 않는 개미처럼

그분의 발자국을 들고 다닌다
발자국의 그림자를 들고 다닌다

폐지(廢紙)

어느 산 밑

허물어진 폐지 더미에 비 내린다

폐지에 적힌 수많은 글씨들

폭우에 젖어 사라진다

그러나 오직 단 하나

사랑이라는 글씨만은 모두

비에 젖지 않는다

사라지지 않는다

나무 그림자

햇살이 맑은 겨울날
잎을 다 떨어뜨린 나무 한그루가
무심히 자기의 그림자를 바라본다

손에 휴대폰을 들고 길을 가던 사람이
자기 그림자를 이끌고
나무 그림자 속으로 걸어들어가 전화를 한다

무슨 일로 화가 났는지 발을 구르고
허공에 삿대질까지 하며
나무 그림자를 마구 짓밟는다

나무 그림자는 몇번 몸을 웅크리며
신음 소리를 내다가
사람을 품에 꼭 껴안고 아무 말이 없다

헌신(獻身)

사람이 나이가 들면
가끔 새에게 모이를 주며 살아야 한다
사람이 나이가 들면
가끔 새들의 모이를 먹으며 살아야 한다
사람이 나이가 더 들면
헌식대가 되어
새들이 날아오기를 기다릴 줄도 알아야 한다
때로는 헌식대에 앉아
스스로 새들의 모이가 될 줄도 알아야 한다
저 봄날의 애벌레를 보라
자신을 공손히 새들의 부리에
온몸을 구부리며 바치지 않느냐
어미 새를 기다린 둥지의 아기 새들이
한껏 벌린 노란 부리 속으로
한순간에 자신을 헌신하지 않느냐

물거품

물거품이 될 때 인간은 비로소 물이 된다
인간은 물이 될 때 비로소 인간이 된다

물은 거품에게 평생 감사하지 않으면 안된다
물도 물방울이 되는 순간
물거품이 될 수 있다는 사실을 깨닫게 해준다

물도 거품에게 감사하지 않으면 물거품이 된다
물은 거품을 통하여 비로소 겸손해진다

거품도 물에게 감사하지 않으면 안된다
햇살에 스스로 영롱한 순간 거품이 꺼지면
물은 다시 거품을 물로 받아들인다

물은 거품을 받아들일 때 가장 겸손하다
인간도 물거품이 될 때 비로소 아름답다

무소유에 대한 명상

나는 무소유를 소유할 수 없다
아무리 배가 고파도 무소유의 밥을 먹을 수 없다
소유의 밥을 먹으면 배가 불러도
무소유의 밥을 먹으면 자꾸 허기가 진다

나는 무소유의 손도 지닐 수 없다
무소유의 손을 지니면
도대체 내 손이 어디 있는지 찾을 수 없어
어두운 눈길에 작은 가방 하나 들고 다닐 수 없다

내 손은 하나를 가지면 꼭 하나를 더 가진다
하나를 더 가져도 또 하나를 더 가진다
양손에 흘러가는 흰 구름이라도 잔뜩 움켜쥐어야 한다

나의 소유와 무소유는 서로 동거하지 못한다
만나기만 하면 서로 싸운다
하루는 내가 바닷물을 한입에 다 마셔버리자

소유는 나를 부러워하느라 잠을 못자고
무소유는 나를 질책하느라 밤을 새운다

나는 희망을 거절한다

나는 희망이 없는 희망을 거절한다
희망에는 희망이 없다
희망은 기쁨보다 분노에 가깝다
나는 절망을 통하며 희망을 가졌을 뿐
희망을 통하여 희망을 가져본 적이 없다

나는 절망이 없는 희망을 거절한다
희망은 절망이 있기 때문에 희망이다
희망만 있는 희망은 희망이 없다
희망은 희망의 손을 먼저 잡는 것보다
절망의 손을 먼저 잡는 것이 중요하다

희망에는 절망이 있다
나는 희망의 절망을 먼저 원한다
희망의 절망이 절망이 될 때보다
희망의 절망이 희망이 될 때
당신을 사랑한다

벼랑에 매달려 쓴 시

이대로 나를 떨어뜨려다오
죽지 않고는 도저히 살 수가 없으므로
단 한 사람을 위해서라도 기어이
살아야 하므로
벼랑이여
나를 떨어뜨리기 전에 잠시 찬란하게
저녁놀이 지게 해다오
저녁놀 사이로 새 한 마리 날아가다가
사정없이 내 눈을 쪼아 먹게 해다오
눈물도 없이 너를 사랑한 풍경들
결코 바라보고 싶지 않았으나
바라보지 않을 수 없었던
아름다우나 결코 아름답지 않았던
내 사랑하는 인간의 죄 많은 풍경들
모조리 다 쪼아 먹으면
그대로 나를 툭 떨어뜨려다오

귀

내 귀는 청동으로 만들어져 있다
절벽의 바위로 만들어져 있다
구겨진 거리의 지폐로 만들어져 있다

내 귀는 솔바람 소리의 웃음소리를 듣고 싶으나
엄마를 기다리는 아기 새들의 울음소리를 듣고 싶으나
새벽별이 등불처럼 켜진 저녁
소들의 여물 먹는 소리도 듣지 못하고

내 귀는 강가의 진흙으로 만들어져 있다
무너지지 않는 성벽으로 만들어져 있다
거리의 차디찬 바람으로 만들어져 있다

나를 용서해주시는 어머니의 마지막 말씀
그래도 나를 사랑한다는 당신의
다정한 눈물의 목소리도 듣지 못하고
골목에서 뛰어노는 아이들이 종소리처럼 들리면
내 귀는 산산이 부서진 채 바람이 되어 흩어진다

굴비에게

부디 너만이라도 비굴해지지 말기를
강한 바닷바람과 햇볕에 온몸을 맡긴 채
꾸덕꾸덕 말라가는 청춘을 견디기 힘들지라도
오직 너만은 굽실굽실 비굴의 자세를 지니지 않기를
무엇보다도 별을 바라보면서
비굴한 눈빛으로 바라보지 말기를
돈과 권력 앞에 비굴해지는 인생은 굴비가 아니다
내 너를 군이 천일염에 정성껏 절인 까닭을 알겠느냐

그리운 자작나무

자작 자작
너의 이름을 부르면
자작자작 살얼음판 위를 걷듯 걸어온
내 눈물의 발소리가 들린다

자작 자작
너의 이름을 부르면
자박자박 하얀 눈길을 걸어와
한없이 내 가슴속으로 걸어들어온
너의 외로움의 발소리도 들린다

자작나무
인간의 가장 높은 품위와
겸손의 자세를 가르치는
내 올곧고 그리운 스승의 나무

자작 자작
오늘도 너의 이름을 부르며

내가 살아온 눈물의 신비 앞에
고요히 옷깃을 여민다

자작나무에게

나의 스승은 바람이다
바람을 가르며 나는 새다
나는 새의 제자가 된 지 오래다
일찍이 바람을 가르는 스승의 높은 날개에서
사랑과 자유의 높이를 배웠다

나의 스승은 나무다
새들이 고요히 날아와 앉는 나무다
나는 일찍이 나무의 제자가 된 지 오래다
스스로 폭풍이 되어
폭풍을 견디는 스승의 푸른 잎새에서
인내와 감사의 깊이를 배웠다

자작이여
새가 날아오기를 원한다면
먼저 나무를 심으라고 말씀하신 자작나무여
나는 평생 나무 한그루 심지 못했지만

새는 나의 스승이다
나는 새의 제자다

수도원 가는 길

십자가 없이 사랑은 이루어지지 않는다는데
수도원 가는 길에 나는 십자가를 버린다
십자가 없이 사랑은 완성되지 않는다는데
당신을 버리고 수도원 가는 길에
나는 버린 십자가를 주워 또 버린다
사랑의 이름으로 지은 죄 너무 많아
겨울 하늘에 흰 손수건처럼 걸어놓은
새들의 가슴속으로 날아가 운다
내 사랑의 슬픔은 모두 새가 되기를
나의 죄악은 모두 새가 되어 날아가기를
십자가는 다시 나의 십자가가 되어
높이높이 나를 매달아놓기를

결핍에 대하여

밤하늘은 자신의 가슴을 별들로 가득 채우지 않는다

별들도 밤하늘에 빛난다고 해서 밤하늘을 다 빛나게 하지 않는다

나무가 봄이 되었다고 나뭇잎을 다 피워올리는 게 아니듯

새들도 날개를 다 펼쳐 모든 하늘을 다 날아다니는 게 아니다

산에서 급히 내려온 계곡의 물도 계곡을 다 채우면서 강물이 되지 않고

강물도 강을 다 채우지 않고 바다로 간다

누가 인생의 시간을 가득 다 채우고 유유히 웃으면서 떠나갔는가

어둠이 깊어가도 등불은 밤을 다 밝히지 않고

봄이 와도 꽃은 다 피어나지 않는다

별이 다 빛나지 않음으로써 밤하늘이 아름답듯이

나도 내 사랑이 결핍됨으로써 아름답다

달맞이꽃의 함성

밤마다 내가 당신을 그리워하며 피어나는 것은
당신의 상처의 아름다움을 아름다워하기 위해서다
밤새도록 내가 당신의 상처의 향기를 꽃피우다가
아침에 시드는 까닭은
내 기다림의 함성을 꽃피우기 위해서다

나는 밤마다 당신의 상처를 상처받는다
당신의 눈물을 위해 상처받는다
내 어머니인 달빛의 푸른 젖을 먹고
나의 상처는 밤마다 오로지 당신의 것이다

당신의 상처를 상처받지 않는다면
나는 한송이 꽃으로 피어나지 못할 것이다
초승달로 때로는 반달로
당신의 상처의 눈물을 받아먹지 않는다면
나는 한송이 그리움으로 피어나지 못할 것이다

오늘은 보름달이 뜬 한여름 밤

와 와

소리 없는 나의 그리움의 함성에

산 너머 멀리 달빛을 데리고 별똥별이 떨어진다

빈 잔

누가 나를 위해 울어주었는지
내가 누구를 위해 울었는지
누가 나와 함께 울어주었는지
내가 누구와 함께 울었는지

이제 다 잊어버려 슬프다
나를 위해 울어준 이들의
눈물을 잊은 지 이미 오래지만
밤새도록 나와 함께 운 이들의
눈물도 이미 잊은 지 오래지만

내 빈 잔을 받으소서
내 잔이 넘치지 않고
아직 비어 있다는 것은 큰 충만이므로
잔은 비어 있을수록 아름다우므로
나는 아직 비어 있음으로써
당신을 사랑할 수 있으므로

그동안 끊임없이 내 잔을 가득
채우려고 노력한 일을 부디 용서하시고
내 빈 잔을 받아
먼동이 틀 때까지 높이 드소서

낮은 곳을 향하여

첫눈은 가장 낮은 곳을 향하여 내린다
명동성당 높은 종탑 위에 먼저 내리지 않고
성당 입구 계단 아래 구걸의 낡은 바구니를 놓고 엎드린
걸인의 어깨 위에 먼저 내린다

봄눈은 가장 낮은 곳을 향하여 내린다
설악산 봉정암 진신사리탑 위에 먼저 내리지 않고
사리탑 아래 무릎 꿇고 기도하는
아들을 먼저 떠나보낸 어머니의 늙은 두 손 위에 먼저 내린다

강물이 가장 낮은 곳으로 흘러가야 바다가 되듯
나도 가장 낮은 곳으로 흘러가야 인간이 되는데
나의 가장 낮은 곳은 어디인가
가장 낮은 곳에서도 가장 낮아진 당신은 누구인가

오늘도 태백을 떠나 멀리 낙동강을 따라 흘러가도
나의 가장 낮은 곳에 다다르지 못하고

가장 낮은 곳에서도 가장 낮아진 당신을 따라가지 못하고
나는 아직 인간이 되지 못한다

전태일거리를 걸으며

청계천 전태일거리를 걸으며 기도한다
단 한번도 배고파본 적이 없는 내가
배부른 나를 위해 늘 기도하다가
단 한번이라도 남의 배고픔을 위해 기도한다

청계천 전태일거리를 걸으며 질문한다
나는 지금까지
무엇을 위해 목숨을 바치며 살아왔는가를
단 한번이라도 정의를 위해
목숨을 바친 적이 있는가를

침묵은 항상 말을 해야 한다고
침묵은 진리의 말을 할 수 있어야 침묵이라고
정의는 항상 어머니와 함께 있어야 사랑이라고
첫눈 오는 날
청계천 전태일거리의 버들다리를 건너며

누가 버린 신문 한장을 줍는다
서울역 염천교 다리 밑에서 신문 한장을 덮고
엄동설한의 잠을 자던
초승달처럼 웅크린 그의 꿈과 희망을 생각하며

청계천 전태일거리를 걷는다
별들이 땅에서 빛나고 함박눈이 땅에서 내린다
인간을 위해 목숨을 버린 인간의 불꽃이
고요히 함박눈이 되어 내린다

꽃이 진다고 그대를 잊은 적 없다

꽃이 진다고 그대를 잊은 적 없다
별이 진다고 그대를 잊은 적 없다
그대를 만나러 팽목항으로 가는 길에는 아직 길이 없고
그대를 만나러 기차를 타고 가는 길에는 아직 선로가 없어도
오늘도 그대를 만나러 간다

푸른 바다의 길이 하늘의 길이 된 그날
세상의 모든 수평선이 사라지고
바다의 모든 물고기들이 통곡하고
세상의 모든 등대가 사라져도
나는 그대가 걸어가던 수평선의 아름다움이 되어
그대가 밝히던 등대의 밝은 불빛이 되어
오늘도 그대를 만나러 간다

한배를 타고 하늘로 가는 길이 멀지 않느냐
혹시 배는 고프지 않느냐
엄마는 신발도 버리고 그 길을 따라 걷는다
아빠는 아픈 가슴에서 그리움의 면발을 뽑아

세상에서 가장 맛있는 짜장면을 만들어주었는데
친구들이랑 맛있게 먹긴 먹었느냐

그대는 왜 보고 싶을 때 볼 수 없는 것인지
왜 아무리 보고 싶어 해도 볼 수 없는 세계인지
그대가 없는 세상에서
나는 아무것도 두려워하지 않는다
잊지 말자 하면서도 잊어버리는 세상의 마음을
행여 그대가 잊을까 두렵다

팽목항의 갈매기들이 날지 못하고
팽목항의 등대마저 밤마다 꺼져가도
나는 오늘도 그대를 잊은 적 없다
봄이 가도 그대를 잊은 적 없고
별이 져도 그대를 잊은 적 없다

물끄러미

당신이 물끄러미 나를 바라볼 때가 좋다
차가운 겨울 밤하늘에 비껴 뜬 보름달이 나를 바라보듯
풀을 뜯던 들녘의 소가 갑자기 고개를 들고 나를 바라보듯
선암사 매화나무 가지에 앉은 새가
홍매화 꽃잎을 쪼다가 문득 나를 바라보듯
대문 앞에 세워둔 눈사람이 조금씩 녹으면서 나를 바라보듯
폭설이 내린 태백산 설해목 사이로 떠오른 낮달이 나를 바라보듯
아버지 영정 앞에 켜둔 촛불이 가물가물 밤새도록 나를 바라보듯
물끄러미 당신이 나를 바라볼 때가 좋다
눈길에 버려진 타다 만 연탄재처럼
태백선 추전역 앞마당에 쌓인 막장의 갱목처럼
추적추적 겨울비에 떨며 내가 버려져 있어도
물끄러미 나를 바라보는 당신의 눈빛 속에는
이제 미움도 증오도 없다
누가 누구를 물끄러미 바라보는 눈빛 속에는
사랑보다 연민이 있어서 좋다

수선화

꽃 중에서도 죄 없는 꽃이 수선화로 피어난다

꽃 중에서도 용서하는 꽃이 수선화로 피어난다

꽃 중에서도 가장 사랑하는 꽃이

서귀포 검은 돌담 밑에 수선화로 피어난다

이른 봄에 수선화를 만나러 가면 추사 선생을 꼭 만난다

이듬해 이른 봄에도

추사 선생을 만나러 가면 수선화를 꼭 만난다

사람 중에서도 가장 죄 없는 사람이 수선화로 피어나

온 나라를 수선화 향기로 가득 채운다

겨우내 세한의 소나무에 앉아 있던 작은 새 한마리

나뭇가지 사이로 푸드덕 흰 눈을 털며

우리는 오래도록 잊지 말자고

봄이 오지 않아도 수선화는 피어난다고

수선화가 피어나기 때문에 봄은 온다고

추사 선생처럼 수선화를 바라보며

바다로 가는 봄길을 걷는다

제 7 부

새똥

새똥이 내 눈에 들어갔다
평생 처음
내 눈을 새똥으로 맑게 씻었다
이제야 보고 싶었으나
보지 않아도 되는
인간의 풍경을 보지 않게 되었다
고맙다

새똥

길을 가다가
길바닥에 새똥이 떨어져 있는 것을 보면
그래도 마음이 놓인다
인간의 길에도
새들이 똥을 누는 아름다운 길이 있어
그 길을 걸어감으로써
나는 오늘도 인간으로서 아름답다

출가

폭설이 내린 겨울 들판

불국사 석가탑 같은 송전탑에

작은 새 한마리

어디선가 고요히 날아와 앉자

송전탑이 새가 되어 적막한 날개를 펼친다

바람이 불고

다시 폭설이 내리고

송전탑에 앉은 새가 말없이 폭설을 뚫고 날아가자

송전탑도 그만 새가 되어 날아간다

그대 멀리

어느 눈 내리는 산사로 출가하는가

해우소

나는 당신의 해우소
비가 오는 날이든
눈이 오는 날이든
눈물이 나고
낙엽이 지는 날이든
언제든지
내 가슴에 똥을 누고
편히 가시라

빗자루

겨울 산사
마당에 쌓인
눈을 다 쓸고 나서
해우소 가는 길 옆
소나무에 기대어
부처님처럼 고요하다
오목눈이 동고비 직박구리
멀리 눈밭을 날아와
뭘 먹을 게 있다고
몽당빗자루를 쪼아대다가
빗자루 옆에 앉아
눈을 감고
고요하다

점안(點眼)

진리의 붓으로
자비의 먹물을 찍어
내 어두운 욕망의 눈동자에
점안해주세요
점안의 불빛을 비추어주세요
떠나기 전에 단 한번이라도
당신을 우러러보고 싶었으나
아직 눈을 못 떴습니다
심안(心眼)은커녕
평생 눈을 못 뜨고 살았습니다
죽기 전에 마지막으로
점안해주세요
점안의 등불을 환히 밝혀 들고
단 한번이라도 당신을 뵙고
실컷 울고 나서
영원히 지옥으로 가겠습니다

진흙 의자

누군가가
비가 오는데
진흙으로 만든 의자 하나 가져와
나더러 앉으라고 한다
소나기가 퍼붓는데

앉고 싶지 않아도
앉아야 하는 의자
언젠가 단 한번은
앉지 않으면 안 되는
진흙 의자

소나기는 그치지 않고
폭우가 되어
진흙은 다시 진흙이 되고
의자는 사라졌다

진흙 의자에

사형수처럼

어머니를 생각하며 앉아 있던 나도

의자와 함께 사라졌다

심장

쓰레기를 버릴 때마다
쓰레기봉투 속에 내 심장이 들어 있다
아직 죽지 않고 살아서
펄떡펄떡 뛰면서
푸른 종량제 쓰레기봉투 속에 담겨
내 심장이 울고 있다
울지 말라고
자꾸 울면 혼을 내준다고
아버지처럼 주먹을 쥐고 눈을 부라려도
내 심장이 아이처럼 웅크리며 운다
어떤 때는 우는 아이 달래듯
쓰레기봉투에서 내 심장을 꺼내
집으로 돌아와 깨끗이 씻어
십자고상 옆에 두기도 하지만
며칠 뒤
쓰레기를 버리러 집을 나가면
쓰레기봉투 속에 내 심장이 또 들어 있다

이제는 쓰레기가 된 내 심장
내 사랑의 심장

당신을 찾아서

잘린 내 머리를 두 손에 받쳐 들고
먼 산을 바라보며 걸어간다
만나고 싶었으나 평생 만날 수 없었던
당신을 향해
잘린 머리를 들고 다닌 성인들처럼
걸어가다가 쓰러진다
따스하다
그래도 봄은 왔구나
먼 산에 꽃은 또 피는데
도대체 당신은 어디에 있는가
진달래를 물고 나는 새들에게 있는가
어떤 성인은 들고 가던 자기 머리를
강물에 깨끗이 씻기도 했지만
나는 강가에 다다르지도 못하고
영원히 쓰러져 잠이 든다
평생 당신을 찾아다녔으나 찾지 못하고
나뒹구는 내 머리를
땅바닥에 그대로 두고

겨울 연밭

여기가 호스피스 병동이구나
당신을 떠나보낸 장례식장이구나
그해 겨울 청명한 하늘 아래
당신의 청춘과 함께 갔던 폐사지이구나
당신을 모셔둔 진리의 납골당
연꽃들의 아름다운 무덤이구나
얼어붙은 물 위에 허리를 꺾고
아직 타다 남은 연꽃의 가는 뼈들
저마다 기기묘묘한 상형문자로
연꽃대들이 쓴 저 유언의 붓글씨들
해독하면 화엄경의 말씀이구나
물거품처럼 당신을 떠나보낸 뒤
나는 이리저리 진눈깨비로 흩날리는데
얼어붙은 겨울 연밭 얼음장 밑에서는
오늘도 물고기들이 백팔배를 하며
인생을 잃고 쓰러진 나를 용서하는구나

이별을 위하여

헤어질 때는 잘 살펴보거라
특히 용서의 눈물을 잘 살펴보거라
손을 흔들며 모퉁이를 돌아갈 때는
발걸음을 멈추고 분노의 좌우를 잘 살피거라
네 발밑에 누가 절망으로 드러누워 있는 건 아닌지
무심코 길 가는 개미를 밟고 지나가듯
누구를 또 힘껏 밟고 지나가고 있는 건 아닌지
아니 네가 혹시 누구한테
달팽이처럼 밟혀 으깨지고 있는 건 아닌지
너도 사랑하다가 죽을 때가 되었으므로
미움과 증오의 주변을 잘 살펴보거라
특히 남루하게 이별할 때는 조심해야 한다
눈 내리는 골목 끝
그 만남과 헤어짐의 모퉁이를 다시 돌아갈 때는
옷깃을 여미고 잘 살피거라
사람은 용서할 수 없는 것을 용서할 때가
가장 아름다우므로
용서하는 사람보다 더 아름다운 사람은 없으므로

사랑은 용서를 통해 완성되므로

이별할 때는 부디 용서의 눈물을 잘 닦아주거라

실족

오늘도 발을 헛디뎠구나
여기도 디딜 곳이 아니었구나
산새가 지나간 눈길이었는지
발목이 부러지지 않아 다행이구나

아무리 기다려도 오지 않고 가고
아무리 떠나가도 가지 않고 오고
사랑할 때는 사랑하는 일밖에 할 수 없어
밤새껏 허우적허우적 발자국도 없이
지리산을 헛디디며 걸어갔구나

운명에는 방향을 줄 필요가 없었으나
운명에게 방향을 주려다가
기어이 방향마저 잃은 내가
어찌 헛디디지 않고 걸어갈 수 있으랴
넘어지지 않고 다다를 수 있으랴

보이지 않는 산을 향하여
보이는 산을 먼저 걸어가다가
나는 그만 실족사하고 다시
발 없는 발로 걸어가노니
폭설이 내린 겨울 지리산이 가부좌하고 부는
대금 소리 홀로 고요하구나

집으로 가는 길

나 이 세상에 태어나
밥 한 그릇 얻어먹었으면 그뿐
옷 한 벌 얻어 입고
강물에 빨래 몇 번 했으면 그뿐

해인사 장경각을 찾아오는 겨울바람처럼
주련 기둥에 머리를 기대고
젊은 날 한때
흐느껴 울었으면 그뿐

산다는 것이 탁발의 밥그릇 하나 들고
골목과 골목을 헤매다가
막다른 골목에 다다르는 일이었을 뿐

지금은 아미타불이 헛기침을 하며
인간에게 사랑을 탁발하는 시간
밥그릇 하나하나에
새벽별들을 수북이 퍼 담는 시간

나 이 세상에 태어나

세상의 밥이 되지 못했지만

팔만대장경을 쓰다듬으며 울고 가는

저 천년의 바람처럼

이제 집으로 돌아가면 그뿐

지옥은 천국이다

지옥은 천국이다
지옥에도 꽃밭이 있고
깊은 산에 비도 내리고
새들이 날고
지옥에도 사랑이 있다

나 이 세상 사는 동안
아무도 나를 데려가지 않아도
반드시 지옥을 찾아갈 것이다

지옥에서 쫓겨나도
다시 찾아갈 것이다
당신을 만나
사랑할 것이다

달팽이

봄비가 내린다
리어카에 종이 박스를 가득 싣고
굽은 허리를 더 굽히고
낡은 도시 변두리
재개발 지역 골목의 언덕길을
할머니 한분
느릿느릿 달팽이처럼 기어오른다
낡은 리어카를 끌고
봄비가 그칠 때까지
이웃들이 이사 간 텅 빈 집
처마 밑에 납작하게 홀로 앉아
비 젖은 종이 박스를 찢어
맛있게 잡수신다

먼지의 꿈

먼지는 흙이 되는 것이 꿈이다
봄의 흙이 되어 보리밭이 되거나
구근이 잠든 화분의 흙이 되어
한송이 수선화를 피워 올리는 것이 꿈이다
먼지는 비록 끝없이 지하철을 떠돈다 할지라도
내려앉아
더 낮은 데까지 내려앉아
지하철을 탄 사람들의 밥이 되는 것이 꿈이다
공복의 출근길에 승객들 틈에 끼여
먼지가 밥이 되는 세상을 만드는 것이 꿈이다

덕수궁 돌담길

덕수궁 돌담길을 걸으며
사랑한다는 말을 할 때마다
내 입이 꽃봉오리가 되었으면 좋겠어요
덕수궁 돌담길은 길의 애인이고
길의 어머니이므로
덕수궁 돌담길을 함께 걸으며
당신을 사랑한다는 말을 할 때마다
내 입에서 꽃이 피어났으면 좋겠어요
입속에 가득 꽃씨를 담고 있다가
사랑한다는 말을 할 때마다 꽃이 피어나
덕수궁 돌담 가득 꽃다발이 걸리면 좋겠어요
덕수궁 돌담길을 걸은 수많은 발자국들
밤이면 발자국들끼리 만나
서로 사랑한다지요

부석사 가는 길

부석사 가는 길로 펼쳐진 사과밭에
아직 덜 익은 사과 한알 툭 떨어지면
나는 또 하나의 사랑을 잃고 울었다
부석여관 이모집 골방에서
젊은 수배자의 이름으로 보내던 그해 여름
왜 어린 사과가 땅에 떨어져야 하는지
왜 어린 사과를 벌레가 먹어야 하는지
벌레도 살아야 한다고
벌레도 살아야 벌레가 된다고
어린 사과의 마음을 애써 달래며
이모님과 사과나무 가지를 받쳐주고 잠들던 여름밤
벌레가 파먹은 자리는
간밤에 배고픈 별들이 한입 베어 먹고 간 자리라고
살아갈수록 상처는 별빛처럼 빛나는 것이라고
내 야윈 어깨를 껴안아주시던 이모님
그 뜨거운 수배자의 여름 사과밭에
아직 덜 익은 푸른 사과 한알 또 떨어지면

나는 부검실 정문 앞에 쭈그리고 앉아 울던

너의 사랑을 잃고 또 울었다

빈 그릇이 되기 위하여

빈 그릇이 빈 그릇으로만 있으면 빈 그릇이 아니다
채우고 비웠다가 다시 채우고 비워야 빈 그릇이다
빈 그릇이 늘 빈 그릇으로만 있는 것은
겸손도 아름다움도 거룩함도 아니다
빈 그릇이 빈 그릇이 되기 위해서는 먼저 채울 줄 알아야 한다
바람이든 구름이든 밥이든 먼저 채워야 한다
채워진 것을 남이 다 먹을 때까지 기다렸다가 다시 비워져
푸른 하늘을 바라보아야 한다

채울 줄 모르면 빈 그릇이 아니다
채울 줄 모르는 빈 그릇은 비울 줄도 모른다
당신이 내게 늘 빈 그릇이 되라고 하시는 것은
먼저 내 빈 그릇을 채워 남을 배고프지 않게 하라는 것이다
채워야 비울 수 있고 비워야 다시 채울 수 있으므로
채운 것이 없으면 다시 빈 그릇이 될 수 없으므로
늘 빈 그릇으로만 있는 빈 그릇은 빈 그릇이 아니므로
나는 요즘 추운 골목 밖에 나가 내가 채워지기를 기다린다

슬프고 기쁜

꽃이 저 혼자 일찍 피었다고 봄이 오는 것은 아니다
꽃이 저 먼저 져버렸다고 봄날이 아주 가는 것은 아니다

사람이 저 혼자 걸어간다고 새로운 길이 나는 것은 아니다
모든 길이 다 무너졌다고 길이 아예 없어지는 것은 아니다

지금까지 내가 가는 곳마다 비가 와서 길은 진흙탕이 되었다
진흙탕 길을 걷는 내 발자국마다 그래도 꽃은 피었다

오늘은 선암사 고매화가 꽃망울을 터뜨리다가 나를 바라본다
매화 향기에 취한 새들이 홍매화 꽃잎을 쪼다가 나를 바라본다

작은 새의 슬프고 기쁜 눈빛으로 나를 바라보는 당신을 사랑
한다
새의 눈빛을 지니지 못한 당신도 사랑하다가 영원히 잠이 든다

마지막을 위하여

당신을 용서하는 것도 이번이 마지막이에요
삶의 수용소에서
당신을 사랑하는 것도 이번이 마지막이에요
용서할 때 용서받을 수 있다는
마더 테레사 수녀님의 말씀을 실천하는 것도
이번이 마지막이에요

우리가 만나 보리굴비에 돌솥밥을 먹는 것도
따사로운 창가에 앉아 함께 커피를 드는 것도
기차를 타고 멀리 속초까지 와서
설악을 바라보며 참회의 눈물을 흘리는 것도
신흥사 청동대불님께 절을 하며
당신이 한없이 작아지는 것도

오늘이 마지막이에요
당신은 언제나 오늘의 사랑을 내일로 미루었지만
내일의 사랑은 찾아오지 않아요
진실을 말해도 아무도 듣지 않으므로

당신이 두려워 말하지 않았던 진실을
말할 수 있는 기회는 바로 지금이에요

마지막으로 인생을 실패해도 괜찮아요
실패가 오히려 마음이 편해요
인생을 사랑으로 성공하기는 어려워요
삶의 수용소에서 당신이 나를 배반하고
내가 당신을 배반하는 것도
오늘이 마지막이에요

마음 없는 내 마음

마음속에 마음이 있는 줄 알았더니
내 마음 어디로 갔나

마음 없는 내 마음에 비가 오네
봄비가 오네

오늘도 마음은 봄비를 맞으며
내가 찾아가기도 전에
또 나를 찾아왔구나

오늘도 마음은 봄비 속으로
내가 떠나가기도 전에
또 나를 떠나갔구나

단 한번 사랑함으로써 평생을 사랑하는
경주 정혜사지 천년 석탑처럼

마음 없는 내 마음
비를 맞고 서 있네

쓸쓸히

아흔 노모의
벌레 먹은 낙엽 같은 손을 잡는다
새벽에 혼자 화장실 가시다가 꼬꾸라져
아침이 올 때까지
변기에 머리를 기대고 쓰러져 있었던 어머니
호숭아
아무리 불러도 문간방에 잠든 아들은 오지 않고
오늘이 아버지 기일인데
기일은 오지 않고
오늘따라 바람은 강하게 불어온다
새들이 검은 비닐봉지로 하늘 높이 날아오른다
나는 밤늦게까지 어머니 팔다리를 주물러드리고
어머니 곁에서
어머니를 홀로 두고
쓸쓸히 물이나 한잔 마신다

명왕성에 가고 싶다

너무 오래 살아 미안하다

어머니 아침마다 쓸쓸히 말씀하신다

빨리 죽어야 하는데 와 이렇게 안 죽노

주무시기 전에도

불도 끄지 않고 외로이 말씀하신다

어머니는 명왕성으로 빨리 가시고 싶은 것인가

별들의 명부전 명왕성에 가서

도대체 별들에게 무슨 말씀을 하시고 싶은 것인가

그동안 어머니가 사랑했던 별들은

모두 어머니 가슴에서 떠올라 하나씩 둘씩 사라져갔다

사람이 죽는다는 것은

가슴에 뜬 별들이 사라진다는 것이므로

어머니 가슴에서 별들이 다 사라지기 전에

나도 명왕성에 가고 싶다

어머니를 모시고 명왕성에 가서 살고 싶다

촛불

어머니 아흔다섯 생신날

내가 사 들고 간

생일 케이크에 초를 하나만 꽂고

단 하나의 촛불을 켰다

생명도 하나

인생도 단 한번이라는 생각을 한 것은 아니었다

그저 그렇게 하는 게

어머니가 더 아름다워 보였다

이번이 어머니의 마지막 생신이라는 생각에

눈물로 생신 축가를 불러드리자

어머니가 마지막 토해낸 숨으로

촛불을 훅 끄시고

웃으셨다 쓸쓸히

촛불은 꺼질 때 다시 타오른다고

어머니 대신 내가 마음속으로 말하고

촛불이 꺼진 어머니의 초를

내 가슴에 꽂았다

꽃이 시드는 동안

꽃이 시드는 동안 밥만 먹었어요

가쁜 숨을 몰아쉬며

꽃이 시드는 동안 돈만 벌었어요

번 돈을 가지고 은행으로 가서

그치지 않는 비가 그치길 기다리며

오늘의 사랑을 내일의 사랑으로 미루었어요

꽃이 시든 까닭을 문책하지는 마세요

이제 뼈만 남은 꽃이 곧 돌아가시겠지요

꽃이 돌아가시고 겨우내 내가 우는 동안

기다리지 않아도 당신만은 부디

봄이 되어주세요

숯이 되라

상처 많은 나무의 가지가 되지 말고
새들이 날아와 앉는 나무의 심장이 되라
내가 끝끝내 배반의 나무를 불태울지라도
과거를 선택한 분노의 불이 되지 말고
다 타고 남은 현재의 고요한 숯이 되라

숯은 밤하늘 별들이 새들과 함께
나무의 가슴에 잠시 앉았다 간 작은 발자국
밤새도록 새들이 흘린 눈물의 검은 이슬
오늘밤에도 별들이 숯이 되기 위하여
이슬의 몸으로 내 가슴에 떨어진다

미래는 복수에 있지 않고 용서에 있으므로
가슴에 활활 격노의 산불이 타올라도
산불이 지나간 자리마다 잿더미가 되어
잿더미 속에서도 기어이 살아남아
화해하는 숯의 심장이 되라
용서의 불씨를 품은 참숯이 되라

이슬이 맺히는 사람

다행이다
내 가슴에 한이 맺히는 게 아니라
이슬이 맺혀서 다행이다

해가 지고 나면
가슴에 분을 품지 말라는
당신의 말씀을 늘 잊지 않았지만

언제나 해는 지지 않아
가슴에 분을 품은 채 가을이 오고
결국 잠도 자지 못하고
새벽길을 걸을 때

감사하다
내 가슴에 분이 맺히는 게 아니라
이슬이 맺혀서 감사하다
나는 이슬이 맺히는 사람이다

섬진강에서

가을 햇살에 찬란한 강 물결을 바라보며
그것이 강의 전부라고 생각한 것은 내 잘못이다

강이 강바닥을 흐르는 줄 알지 못하고
물고기들이 강의 바닥에 사는 줄 알지 못하고

가을 햇살에 눈부신 강의 물결만 바라보고
그것이 강의 모든 아름다움이라고 생각한 것은 내 잘못이다

물고기들이 죽어서야 강물 위에
허옇게 배를 드러내고 둥둥 떠도는 까닭은
평생을 강의 바닥에서 살았기 때문이다

내가 죽을 때가 되어서야 텅 빈 마음으로
푸른 하늘을 어슬렁어슬렁 걸어다니는 까닭은

나도 평생 바닥에 누워 잠이 들고
바닥에서 일어나 아침을 맞이했기 때문이다

기차에서

나는 왜 기차를 타고 가면서도
기차에서 뛰어내리는가
나는 왜 기차가 달리고 있는데도
기차에서 뛰어내려 울고 있는가
그곳은 종착역이 아니다
내가 기차에서 뛰어내린다고 해서
기차가 멈춰 서는 것은 아니다
내 비록 평생 조약돌을 갈아
당신에게 바칠 맑은 손거울 하나
만들지 못했다 할지라도
기차가 달리는 동안에는
달리는 기차를 사랑하라
고요히 차창에 머리를 기대고
모내기를 막 끝낸
무논의 푸른 그림자를 바라보라
내가 기차에서 뛰어내린다고 해서
기차가 달리지 않는 것은 아니다

겨울 강에게

너는 이제 명심해야 한다

겨울이 오는 순간

강심까지 깊게 얼어붙어야 한다

더 이상 가을의 눈치를 보지 말고 과감하게

절벽에 뿌리를 내린 저 바위처럼 단단해져야 한다

너는 강물로 만든 바위이며 얼음으로 만든 길이다

그동안 너의 살얼음을 딛고 걷다가

내가 몇번이나 빠져 죽었는지 아느냐

살얼음이 어는 강은 겨울 강이 아니다

너는 쩡쩡 수사자처럼 울음을 토해내고 얼어붙어

내 어릴 적 썰매를 타고 낙동강을 건너 외할머니 집에 가듯

나의 겨울 강을 건너가게 해야 한다

나는 이제 강을 건너가야 할 시간이 얼마 남지 않았다

누가 너의 심장 위에 뜨거운 모닥불을 피워도

얼음낚시꾼들이 끈질기게 도끼질을 해도

물고기들이 오갈 수 있는 물길 하나 남겨두고

더욱 깊게 침묵처럼 얼어붙어야 한다

살얼음이 언 겨울 강에 빠져 늘 허우적거리며 살아온 나는

내 평생의 눈물이 얼어붙은

저 겨울 강을 지금 건너가야 한다

목포역

목포역에 내리면 눈물 난다

이난영의 목포의 눈물이 나의 슬픈 눈물인가

예전에 목포역에 내리면 대합실 가득

목포의 눈물 노랫가락이 젊은 어머니의

가슴 아픈 눈물처럼 흘러나왔는데

이제는 목포 사람들도 눈물이 다 말라

노래는 사라지고 유달산에 올라야

이난영 노래비에서 흘러나오는 녹음된 노래만

목포대교 위를 나는 흰 구름의 학이 되어

삼학도로 날아간다

어머니

돌아가신 당신의 목소리로 제 어릴 적

들려주시던 것처럼 오늘밤

목포의 눈물을 불러주세요

어머니 임종도 못 본

늙은 아들은 오늘 혼자 목포에 왔어요

어머니가 안 계신 제 인생을

이제 버릴 때가 되었어요

목포역에서 해물짬뽕 한그릇 사 먹고

목포항에 가면

이승을 떠나는 뱃고동 소리를 들려주세요

그 쓸쓸함에 대하여

당신은 사랑은 기억하지 못해도
분노는 기억하게 될 것이다
당신은 기도는 기억하지 못해도
증오는 기억하게 될 것이다

오늘도 바람이 불고 비가 내리고
비 갠 뒤에는 맑은 하늘이 더욱 쓸쓸하다
당신의 고백소는 어디에 있는지
나의 고백소는 당신 안에 있는데
간밤에 쥐가 내 심장을 다 갉아 먹어
나는 당신에게 가는 길을 가지 못한다

그동안 나는 길을 걸을 때마다
구두를 두켤레씩 신고 길을 걸었다
길을 가다가 밥을 먹을 때마다
하루에 열끼니를 먹고도 배가 고팠다
꽃이 필 때마다 꽃이 돈인 줄 알고
민들레를 뿌리째 뽑아 들었다

오늘도 당신의 고백소를 끝내 찾지 못하고
영원히 날이 저문다
이제는 이별의 순간에게 순종해야 할 시간
땅이 없어도 피는 꽃과
하늘이 없어도 빛나는 별을 바라보지 못하고
내가 쓸쓸히 사라져야 할 시간

시간에게

무엇을 사랑했느냐고 묻지 마시게
누구를 사랑했느냐고 묻지 마시게
사랑할수록 무슨 할 말이 남아 있겠는가
밥이 눈물이 될 때까지 열심히 살았을 뿐
이미 길을 잃고 저만치 혼자 울고 있다네
밤이 깊어가도 해가 지지 않아
아침이 찾아와도 별이 지지 않아
혼자 기다리다가 울 때가 있었지만
무엇을 어떻게 사랑했느냐고 묻지 마시게
진실 또한 침묵 속에서 혼자 울고 있다네
무엇을 사랑하고 인생을 잃었는지
거짓 속에도 진정 사랑은 있었는지
사랑이 증오를 낳고 증오가 사랑을 낳았는지
진정한 사랑을 깨닫기 위해서는
미움과 증오가 필요하고 가치가 있었는지
묻지 마시게 부디
사랑할수록 사랑을 잃은 내가
무슨 인생의 길이 될 수 있겠는가

새벽별

새벽별 중에서
가장 맑고 밝은 별은
내가 사랑하는 사람이다

새벽별 중에서
가장 어둡고 슬픈 별은
나를 사랑하는 사람이다

참혹한 맑음과 '첨성대'의 시학

김승희(시인·서강대 국문과 명예교수)

올해 초였다고 기억한다. 정호승 시인과 통화를 하다가 이런저런 이야기 끝에 "내년이면 우리가 등단 50주년이 되네"라고 그가 말했다. 1973년에 각 신문의 신춘문예로 등단을 한 시인, 작가들이 모여서 〈1973〉이라는 동인지를 몇 호 낸 적이 있기에 정시인과 나는 한때 같이 〈1973〉 동인이었다. 시인 김명인, 이동순, 김창완, 정호승, 김승희, 소설가 박범신, 이경자, 작고하신 시조시인 류제하 님 등 젊고 가난하고 패기만만한 신진 문인들이 광화문에 있는 '귀거래 다방'에 모여 문학을 논하고 원고를 모으고 아무도 주목하지 않는 얄팍한 동인지를 펴냈다. "네? 등단 50주년요? 등단 후 50년을 살아왔다는 것이 정말 신기해요." 내가 말했다. 1970년대 초기는 정치 사회 문화적으로 어두운 종말론적 분위기였기에 그 당시 나는 문인들은 대개 요절하는 것으로 생각했었기 때문이다. "등단 이후 50년 동안 시를 쓰며 살아왔다는 것이 너무 놀라워요." 그가 말했다. 나는 문득 우리 세대가 통과

해온 등단 50년을 하얀 벽에 세워놓고 멍하니 바라보았다. 20세기 후반부의 역사적 어둠과 억압과 고통과 가난과 질곡과 좌절과 패배와 눈물과 그 흔한 성(性)차별과 그럼에도 꿈틀거렸던 꿈과 희망과 환멸, 그 현란한 욕망의 가면극들이 하얀 벽에 어지러운 영상처럼 명멸하고 있었다.

신기한 것은 그 50년 동안 정호승 시인은 태도나 지향이 한결같고 (세상에나, 심지어는 모습도 그때 그 시절, 젊은 청년 거의 그대로다!) 당선작 〈첨성대〉 이후 50년 동안 한결같은 시를 써왔고 한결같이 슬픈 것에 슬퍼하고 고결하고 맑은 것을 꿈꾸는 시인의 곧은 자세를 한결같이 지켜왔다는 것이다. 나는 그의 그 한결같음의 문학적 자세에 경이로움을 느끼며 깊은 경의를 표한다. 그리하여 이 글* 은 50년의 시업을 함께 쌓아온 한 시단 친구의 우정어린 비평적 헌사라고 하고 싶다.

1. 나의 '별'에는 피가 묻어 있다 — 첨성대

르네 마그리트 풍으로 상상을 해보자면 정호승 시인의 시 세계는 세상의 모든 소리가 그친 광막한 사막 한가운데 '첨성대'가 놓여 있는 그런 초현실적이고도 극사실적인 풍경으로 떠오른다. 극사실적인 것이 초현실적인 것과 통한다는 것은 분명 패러독스이

---

* 이 글은 그가 펴낸 시선집 《내가 사랑하는 사람》(2003)의 해설로 쓴 것인데 수정, 보충하여 비채에서 새로 출간되는 《내가 사랑하는 사람》의 개정판에 수록한다.

지만 정호승 시인의 시 세계는 바로 그러한 패러독스의 구체화이다. 50년 시업의 이 선집이 보여주는 것도 바로 그런 현실 인식과 천문정신, 즉 현실을 한 번도 외면하지 않은 현실적인 것과 꿈을 한 번도 저버리지 않은 초현실이라는 그 패러독스의 텍스트적 구현이다.

사막 위에 놓인 첨성대는 시대와 현실의 목마른 척박함에 발을 대고 서 있지만 위로 하늘을 향해 열려 있어 어떠한 시대, 어떠한 현실에도 불구하고 하늘을 향하는 천문정신과 별의 측량을 포기하지 않는다. 지상의 고통에 바치는 시인의 사랑이고 시인의 처형이고 시인의 사무치는 기도이자 불가해한 꿈이다. 게다가 그 첨성대는 어머니의 고통과 할머니의 눈물로 만들어진 것이고 시인은 할머니의 눈물의 첨성대를 '화강암'으로 바꾸는 경이로운 힘을 알고 있다. 그 변화의 힘은 시적 언어의 힘이다. 시인은 가족들의 눈물의 기원의, 액체성의 첨성대를 견고한, 광물질의 '화강암의 첨성대'로 바꾼다.

"할아버지 첫날밤 켠 촛불을 켜고/ 첨성대 속으로만 산길 가듯 걸어가서/ 나는 홀로 별을 보는 일관(日官)이 된다"라거나 "오늘밤 어머니도 첨성댈 낳고/ 나는 수놓는 할머니의 첨성대가 되었다/ 할머니 눈물의 화강암이 되었다"라는 구절에서 볼 수 있듯 시적 화자는 '첨성대 속에서 홀로 별을 보는 일관'이 되기도 하고 어머니나 할머니, 누님과 같은 여성 가족들은 '첨성대'를 낳거나 수를 놓아 첨성대를 짓는 여인들로 드러난다. 시적 화자는 슬프고 어두운 가족과 시대 현실을 대표하여 '첨성대'를 지키는 일관

이자 자기 자신이 바로 그 '첨성대'가 된다. 그의 데뷔작인 시 〈첨성대〉가 보여주는 것이 바로 그러한 엄혹한 현실에 대한 슬픔이자 그럼에도 빛과 별을 포기하지 않는 영원한 천문정신이자 사랑인 것이다.

그에 의하면 인간 존재는 누구나 눈물의 '첨성대'다. 어머니는 오늘밤에도 '첨성대'를 낳고 또한 첨성대를 수놓는 할머니의 눈물과 기도를 담아 태어난 '나'는 눈물의 첨성대를 '화강암의 첨성대'로 바꾸어놓는 강인한 정신의 힘을 가져야 한다. 그리하며 첨성대의 시인은 땅의 고통과 하늘의 꿈 사이에 수직으로 열려 있는 기도의 통로가 된다. 그리하여 그는 '슬픔'을 보면서 동시에 '슬픔의 새벽'을 보게 되며 '땅'을 노래하면서 동시에 '하늘의 새벽'을 노래하게 된다. 그것이 바로 다름 아닌 '첨성대의 시학'이며 그래서 '그의 별에는 피가 묻어 있'게 되는 것이다.

슬픔을 위하여
슬픔을 이야기하지 말라
오히려 슬픔의 새벽에 관하여 말하라
(중략)
슬픔이 눈물이 아니라 칼이라는 것을 알았다
이제 저 새벽별이 질 때까지
슬픔의 상처를 어루만지지 말라
우리가 슬픔을 사랑하기까지는
슬픔이 우리들을 완성하기까지는

슬픔으로 가는 새벽길을 걸으며 기도하라

슬픔의 어머니를 만나 기도하라

　　—시 〈슬픔을 위하여〉 부분

2. 유마적 시인과 불일불이(不一不二)

'시인의 말'의 후반에 있는, "잘 가라. 고통이 인간적인 것이라면 시도 인간적인 것이겠지"라는 문장을 읽었을 때 나는 언젠가 영국의 샴쌍둥이 메리와 조디가 기어이 분리 수술을 성공적으로 받았다는 그 뉴스가 떠올랐다. 쌍둥이 나무처럼 한 개의 몸통에 두 개의 머리가 붙어 얼굴과 뇌는 다르다 해도 같은 심장과 같은 폐와 같은 내장을 소유하면서 불일불이(不一不二)의 삶을 살고 있었던 메리와 조디는 성공적으로 분리 수술을 받았고 메리는 기어이 조디의 몸통으로부터 분리되어 저세상으로 갔다. 사람들은 이렇게 말했다고 한다. "이왕 분리 수술을 성공적으로 받았으니까 조디가 메리의 몫까지를 살아주기 바란다"라고.

하나의 몸통에 붙은 두 개의 생명, 혹은 두 개의 몸통에 붙은 하나의 얼굴. 분리할 수 없는 그런 필사의, 불일불이의 관계. 둘 중 하나를 제거하면 온전하게 잘 살 수 없는 그런 관계. 떠나버린 메리의 얼굴을 생각하며 또 혼자 남아 앞으로의 일생을 살아가야 할 조디를 생각하며 나는 시인이야말로 샴쌍둥이처럼 세상과 분리되어서는 안 될 존재가 아닐까, 그런 생각을 해보았다.

상처는 스승이다

절벽 위에 뿌리를 내려라

뿌리 있는 쪽으로 나무는 잎을 떨군다

잎은 썩어 뿌리의 끝에 닿는다

나의 뿌리는 나의 절벽이어니

보라

내가 뿌리를 내린 절벽 위에

노란 애기똥풀이 서로 마주앉아 웃으며

똥을 누고 있다

나도 그 옆에 가 똥을 누며 웃음을 나눈다

너의 뿌리가 되기 위하여

예수의 못자국은 보이지 않으나

오늘도 상처에서 흐른 피가

뿌리를 적신다

　　　　　—시 〈상처는 스승이다〉 전문

　　나의 뿌리를 먹여주는 것이 애기똥풀의 똥이듯이 너의 뿌리를
키워주는 것은 상처, 아니 모든 상처에서 흘러내리는 피다. 상처
는 스승이고 그렇게 시인과 상처는 쌍쌍둥이처럼 생래적으로 붙
어 있어 분리할 수 없다. 기어이 어떤 이유로 분리수술을 해낸다
면 수술이 성공하여 그 붙어 있는 고통으로부터는 해방되었을지
몰라도 뿌리는 거처를 잃고 절벽 아래로 스러진다.

나는 이제 너에게도 슬픔을 주겠다

사랑보다 소중한 슬픔을 주겠다

겨울밤 거리에서 귤 몇 개 놓고

살아온 추위와 떨고 있는 할머니에게

귤값을 깎으면서 기뻐하던 너를 위하여

나는 슬픔의 평등한 얼굴을 보여주겠다

내가 어둠 속에서 너를 부를 때

단 한번도 평등하게 웃어주질 않은

가마니에 덮인 동사자가 다시 얼어죽을 때

가마니 한 장조차 덮어주지 않은

무관심한 너의 사랑을 위해

흘릴 줄 모르는 너의 눈물을 위해

나는 이제 너에게도 기다림을 주겠다

이 세상에 내리던 함박눈을 멈추겠다

보리밭에 내리던 봄눈들을 데리고

추워 떠는 사람들의 슬픔에게 다녀와서

눈 그친 눈길을 너와 함께 걷겠다

슬픔의 힘에 대한 이야기를 하며

기다림의 슬픔까지 걸어가겠다

―시 〈슬픔이 기쁨에게〉 전문

'시인은 세상과 샴쌍둥이'라는 명제를 잘 보여주는 시편이다.
시인과 세상은 이렇듯 샴쌍둥이처럼 한몸이다. 하나의 몸통으로 둘이 먹고산다. 한 고통을 둘이 나누어 호흡한다. 그러나 시인은 더 멀리 가는 존재, 월러스 스티븐스가 그의 시론 〈아다지오〉에서 "시인이란 세상에 필수불가결한 천사"라고 말한 것처럼, 시인은 세상의 고통보다 더 멀리 간다. 슬픔과 냉담과 욕심과 무관심과 분노를 넘어 세상에 늘 부족하기 마련인 사랑과 그리움과 기다림과 기다림의 슬픔까지 간다. 세상은 샴쌍둥이처럼 시인에 붙어 시인의 폐로 숨 쉬고 시인의 심장으로 혈액 순환을 하며 시인의 기관으로 소화를 섭취를 배변을 하는 것이다. 그렇지 않으면 시대와 세상은 하수구나 변기통이나 황폐의 지역이 될 것이며 천박한 물질주의의 노예로 전락한다. 폐를 심장을 내장기관을 호흡기관을 발성기관을 정화기관을 갖지 못할 것이기 때문이다.

나의 별에는
피가 묻어 있다

죄는 인간의 몫이고
용서는 하늘의 몫이므로

자유의 아름다움을
지키기 위하여

나의 별에는
피가 묻어 있다

이렇게 시인은 세상의 정화기관이 된다. 피 묻은 발에 대해서 노래하는 시인도 있을 수 있지만 그는 '피 묻은 별'에 대해 노래한다. 이 순간이 그가 소박한 낭만주의자나 현실주의와 결별하는 순간이다. 그는 지상과 천상 사이에 처형되어 있는 존재이다. 땅은 샴쌍둥이의 몸통이요 '피 묻은 별'은 그냥 별이 아니라 유마적 꿈이다.

그렇게 볼 때 정호승 시인은 참으로 시인다운 시인이다. 정말이지 앞에 쓴 대로 그는 한결같은 마음과 한결같은 꿈과 한결같은 순수와 한결같이 정결한 자세로 50년의 시작 생활에 충실해왔다. 그가 다루는 소재, 주제, 지향은 조금씩의 변이를 보이고 있지만 그러나 '인간에 대한 사랑과 맑은 꿈'이라는 그 첨성대적 시학은 불변하다. 〈쌀 한 톨〉 속에 인간과 대지에 대한 사랑과 공경과 기도의 절 한 채를 짓는 모습!

쌀 한 톨 앞에 무릎을 꿇다
고마움을 통해 인생이 부유해진다는
아버님의 말씀을 잊지 않으려고
쌀 한 톨 안으로 난 길을 따라 걷다가
해질녘
어깨에 삽을 걸치고 돌아가는 사람들을 향해
무릎을 꿇고 기도하다

―시 〈쌀 한 톨〉 전문

3. 동일성의 미학 ― 윤동주, 김소월, 한용운의 지평에서

그는 드물게도 당대 독자들의 사랑을 많이 받는 시인(흔한 표현
으로 인기 시인)이기도 하지만 또 한국 현대시사에서 가장 많은 사
랑을 받은 시인들과 어딘가 친연성을 보여주는(낯익은) 시인이기
도 하다. 서정주의 〈자화상〉 풍을 빌려서 말한다면 "어떤 이는 그
에게서 윤동주를 보고 가고/ 어떤 이는 그에게서 김소월을 보고
가고/ 또 어떤 이는 그에게서 한용운을 보고 가"기도 한다. 그것
은 그의 시 세계가 그만큼 한국인의 시적 감수성에 익숙하며, 한
국인들이 좋은 시라고 생각하고 있는 그 '어떤 시적 원형질'을 가
지고 있기 때문일 것이다. 정말이지 그에게는 한국인이 좋아하는
시인의 원형질이 두루 갖춰져 있다.

그렇다. 정호승 시인은 이상이나 김수영처럼 지극히 낯선 방법
으로 낯선 시의 새로운 지평을 개척한 이질성의 미학을 가진 시
인은 아니다. 명석한 평론가 박덕규는 정호승 시인의 그러한 친
숙한 표현 언어를 놀랍게도 '낯익게 하기'의 방법론이라 부르고
있는데 그 표현법의 유효성에 대해 "우리의 표현 언어가 지나치
게 '낯설게 하기'로 치달아오면서 난해성과 다의성만을 옹호해왔
다는 점을 반성하는 자리에서 시와 독자와의 공동체적 인식을 유
도할 수 있었기 때문"이라고 지적하고 있다. 박덕규의 놀라운 지

적대로 시인의 텍스트는 '낯익게 하기'의 기법을 즐겨 사용하는 것이 사실이고 또한 그 때문에 현대시가 가지는 그로테스크한 '낯설게 하기'의 방법에 미적 혐오를 느끼는 독자들은 그의 '낯익게 하기' 기법에서 한국시의 원형질과 어떤 불멸하는 시인의 원형질을 발견할 수 있었으리라 생각된다.

러시아의 기호학자 유리 로트만은 문학사 연구에서 한 시인, 혹은 텍스트의 위치를 평할 때 동일성의 미학과 대립의 미학이 구분되어야 한다고 주장한다. 전통적인 목소리로 시를 쓴다고 해서 반드시 위대해질 수 있는 것도 아니고 또한 낯설고 충격적인 전위적인 목소리로 시를 쓴다고 해서 꼭 위대해지는 것도 아니라는 말이다. 각기 자기 시대의 문학의 지배적 구성체와 독자가 가진 기대 지평선과의 관계 안에서 미적 가치가 생겨난다는 것이다.

동일성의 미학은 송신자(작가, 시인)와 수신자(독자)의 약호가 동일하거나 혹은 거의 동일할 것을 전제로 한다. 반면 '대립의 미학'은 모더니즘 문학이나 낭만주의, 아방가르드 문학처럼 송신자의 약호와 수신자의 약호가 서로 다를 때 작용을 일으킨다. 한 문학 텍스트의 기능과 장치는 그것이 동일성의 미학으로 해석되는가, 아니면 대립의 미학으로 해석되는가에 따라 달라진다는 것은 분명하다. 로트만은 왜 특정 문화에서 이 중 하나의 미학이 어떤 시기에 우세하게 되는가 하는 문제는 문화 유형학에 속한다고 본다.

정호승 시인의 경우는 송신자의 약호와 수신자의 약호 사이에 큰 틈새가 없는 '동일성의 미학'에 가까운 텍스트를 생산해왔다고 할 수 있겠다. 위에서 지적한 대로 그의 텍스트는 윤동주와 김소월과 한용운의 텍스트와의 친연성을 보여주고 있으며 한국 현대시의 전통적 아버지에 속하는 그런 큰 시인들과의 친연성의 분위기가 송신자와 수신자 사이에서 작용하는 동일성의 미학의 코드를 강하게 울려서 독자들의 사랑과 공감을 이끌어오는 것이라고 생각한다.

윤동주의 고결한 순수, 정결함에 대한 갈구와 부끄러움, 십자가 아래서 고뇌하는 지식 청년의 외로움, 근린애(近隣愛)적 사랑, 영원한 낭만, 시대를 슬퍼하는 괴로움 등을 우리는 그의 대표시 〈서울의 예수〉에서 만날 수 있다.

1

예수가 낚싯대를 드리우고 한강에 앉아 있다. 강변에 모닥불을 피워놓고 예수가 젖은 옷을 말리고 있다. 들풀들이 날마다 인간의 칼에 찔려 쓰러지고 풀의 꽃과 같은 인간의 꽃 한 송이 피었다 지는데, 인간이 아름다워지는 것을 보기 위하며, 예수가 겨울비에 젖으며 서대문 구치소 담벼락에 기대어 울고 있다.

(중략)

3

목이 마르다. 서울이 잠들기 전에 인간의 꿈이 먼저 잠들어 목이 마르다. 등불을 들고 걷는 자는 어디 있느냐. 서울의 들길은 보이지 않고, 밤마다 잿더미에 주저 앉아서 겉옷 만 찢으며 우는 자여. 총소리가 들리고 눈이 내리더니, 사랑 과 믿음의 깊이 사이로 첫눈이 내리더니, 서울에서 잡힌 돌 하나, 그 어디 던질 데가 없도다. 그리운 사람 다시 그리운 그대들은 나와 함께 술잔을 들라. 눈 내리는 서울의 밤하늘 어디에도 내 잠시 머리 둘 곳이 없나니, 그대들은 나와 함 께 술잔을 들라. 술잔을 들고 어둠 속으로 이 세상 칼끝을 피해 가다가, 가슴으로 칼끝에 쓰러진 그대들은 눈 그친 서 울밤의 눈길을 걸어가라. 아직 악인의 등불은 꺼지지 않고, 서울의 새벽에 귀를 기울이는 고요한 인간의 귀는 풀잎에 젖어, 목이 마르다. 인간이 잠들기 전에 서울의 꿈이 먼저 잠이 들어 아, 목이 마르다.

(중략)

5

나를 섬기는 자는 슬프고, 나를 슬퍼하는 자는 슬프다. 나 를 위하여 기뻐하는 자는 슬프고, 나를 위하여 슬퍼하는 자 는 더욱 슬프다. 나는 내 이웃을 위하여 괴로워하지 않았고, 가난한 자의 별들을 바라보지 않았나니, 내 이름을 간절히 부르는 자들은 불행하고, 내 이름을 간절히 사랑하는 자들 은 더욱 불행하다.

—시 〈서울의 예수〉 부분

윤동주의 고결한 내면 지향성, 십자가 의식, 모가지를 드리우고/ 꽃처럼 피어나는 피를/ 어두워가는 하늘 밑에/ 조용히 흘리겠습니다"(윤동주의 시 〈십자가〉의 일부)와 같은 아름다운 희생양 의식, "슬퍼하는 자는 복이 있나니/ 슬퍼하는 자는 복이 있나니/ 슬퍼하는 자는 복이 있나니(같은 시행 4번 더 반복)// 저희가 영원히 슬플 것이오"(윤동주의 〈팔복〉)와 같은 복음에 대한 패러디 등을 〈서울의 예수〉에서 읽을 수 있다. "내 이름을 간절히 부르는 자들은 불행하고, 내 이름을 간절히 사랑하는 자들은 더욱 불행하다"와 같은 '산상수훈'의 일절에 대한 패러디는 그 자체로 정신성이 죽은 시대에 대한 절망이면서 불가능한 사랑에 대한 호소이기도 하다.

또한 초기 시에 지배적으로 흐르는 3음보, 4음보의 율격은 민족의 혈액을 무의식적으로 잡아당기는 김소월의 리듬과 상당히 닮아 있기도 하다. 3음보, 4음보의 반복적 율격은 초기 시에서 자주 나타나는 것으로 "눈 내려 어두워서 길을 잃었네/ 갈 길은 멀고 길을 잃었네/ 눈사람도 없는 겨울밤 이 거리를/ 찾아오는 사람 없어 노래 부르니"(〈맹인 부부 가수〉 중)와 "구두를 닦으며 별을 닦는다/ 구두통에 새벽별 가득 따 담고/ 별을 잃은 사람들에게/ 하나씩 골고루 나눠주기 위해/ 구두를 닦으며 별을 닦는다"(〈구두 닦는 소년〉 중) 등에서 볼 수 있다. 민요나 전통 시가(詩歌), 김소월의 시에 보편적으로 나타나는 4음보, 3음보 등의 율격적 관습은 '낯익게 하기'의 장치일 뿐만 아니라 민중 정서를 거부감 없이 끌어당기는 음악적 요소가 된다. 그러한 율격적 관습은 시적 청자를 민중으로 가정(假定)하여 호명하는 1970, 80년대 민중시에서 상당한 주술 감응적 효과를 거둘 수 있었고 한국인의 호흡률에 익숙한 리듬 감각을 창출해낼 수도 있었다. 그러나 현대시에서는 이미 애호하지 않는 그러한 율격적 관습은 기계적 반복의 단조로운 느낌을 줄 수도 있고 또한 여러 평자들이 그의 반복성을 비판하는 요소가 되기도 하였다. 그러한 4음보, 3음보의 전통적 율격은 초기 시를 지나면서는 자주 보이지는 않는다.

'낯익게 만들기 기법'이나 동일성의 미학을 가진 시인은 필연적으로 금세 독자들의 시야에 너무 '익숙해질' 위험성에 닿게 된다. 쉽게 진부하게 느껴지고 단순화의, 상투성의 늪에 빠질 위험성에 노출되는 것이다. 그러나 정호승 시인은 시업 50년 동안 그러한 진부함의 함정을 잘 비켜왔다고 할 수 있다. 사실 나로서는 이번 그의 시선집을 통독하는 동안 그가 자신의 동일성의 미학을 어느 지점에서 어떻게 극복해내어 자신의 절창의 능선에 올라서게 되었는가, 하는 것을 찾아보고 싶기도 했다. 그리고 그것이 불교적 상상력에 닿아 있으면서 만해가 가진 것과 같은 선(禪)적인 역설의 언어가 그를 단순화의 늪에서 멋지게 구출하고 있는 것을 발견하였다. 즉 그의 시의 상승과 비약의 지점에는 늘 패러독스의 반전이 개입하고 있는 것을 발견할 수 있었다.

익숙한 서정시의 형식을 가지고 있으되 어느 지점에서 그 익숙한 것들을 멋지게 뒤집어서 아주 낯선 언어와 낯선 사유의 지평으로 솟구쳐 올라서 넘어가기. 낯익은 동일성의 미학에서 시작하여 처음엔 송신자/수신자 사이의 익숙한 넓은 공감대를 선취하면서 동시에 어느 지점에서 아주 낯선 선(禪)적 부정성의 정신과 역설의 언어로 송신자/수신자 사이의 친숙한 기대지평을 무너뜨리면서 긴장과 탄력을 가지고 훌쩍 낯익은 지평을 뛰어넘기 하는 것. 그것이 정호승 시의 쾌감이며 정호승의 시 세계를 동일성의 미학의 낯익은 지평선에서 구해내는 낯선 힘이라는 것을 지적하고 싶다.

4. 선(禪)적 부정성의 역전(逆轉)과 역설의 언어의 쾌감

경주박물관 앞마당
봉숭아도 맨드라미도 피어 있는 화단가
목 잘린 돌부처들 나란히 앉아
햇살에 눈부시다

여름방학을 맞은 초등학생들
조르르 관광버스에서 내려
머리 없는 돌부처들한테 다가가
자기 머리를 얹어본다

소년부처다
누구나 일생에 한 번씩은
부처가 되어보라고

부처님들 일찍이 자기 목을 잘랐구나

—시 〈소년부처〉 전문

1연과 2연은 그저 친숙한 풍경일 수 있다. 많은 사람들이 경주 박물관에서 목 잘린 부처들을 보았고 어린 학생들이 자기의 목을 목 잘린 부처의 목에 얹어보는 장난을 하는 것을 바라본 적이 있다. 그리하여 어디서 본 듯한 동일성의 미학에서 이 시는 출발하지만 그러나 3연에서 관습적, 세속적 사고를 훌쩍 뛰어넘는 시인의 해석적 진술은 익숙한 것을 기대했던 독자의 기대 지평선을 무참히 타파하고 그것을 훌쩍 뛰어넘으며 시적 쾌감을 생산한다. 익숙한 것들이 무너지고 급격히 머나먼 새로운 지평이 뚫려오는 반전의 쾌감이다. 그 반전의 쾌감을 일으키는 것은 텍스트의 급격한 시점 전환이다. 시점은 초등학생들이 장난으로 돌부처가 되어보는 그 익숙한, 왁자지껄한 공간을 훌쩍 뛰어넘어 불법의 깊은 곳, 근원으로 육박해 들어간다. 소년들의 머리가 잠깐 올려진 목 없는 돌부처의 자리가 금세 '무자비의 자비'라는 역설에 도달하면서 무아(無我)의 화엄이 꽃피어난다. 그렇듯 3연은 중생이 부처되는 것을 위하여 자기 목을 무자비하게 잘라낸 부처의 무자비의 자비와 만해의 말처럼 중생은 '부처의 님'이라는 것을 동시에 보여준다. 보이지 않는 것들이 한 찰나에 드러나는 순간이며 미(迷)가 오(惡)가 되고, 속(俗)이 성(聖)이 되는 순간이다. 그런 순간의 급작스런 역전에 텍스트의 쾌락이 놓인다.

길이 끝나는 곳에 산이 있었다

산이 끝나는 곳에 길이 있었다

다시 길이 끝나는 곳에 산이 있었다

산이 끝나는 곳에 네가 있었다

무릎과 무릎 사이에 얼굴을 묻고 울고 있었다

미안하다

너를 사랑해서 미안하다

—시 〈미안하다〉 전문

이 텍스트에서도 마지막 2행에서 역전이 일어나고 역설의 언어가 텍스트의 쾌락을 생산한다. 1행에서 3행까지 각 행이 대립구조를 가지고 반복되기도 하지만(길이 끝나는 곳에 산이 있었다/ 산이 끝나는 곳에 길이 있었다) 역전이 일어나는 곳은 6행과 7행이다. '미안하다/ 너를 사랑해서 미안하다'라는 말은 1행~5행 사이에 있는 '너'라는 이인칭에 대한 그리움과 사랑의 감정이 상승되는 것을 과감하게 처단하고 발하는 말 아닌 말이다. 반어 또는 역설이라고 해도 좋다. 또한 6행과 7행 사이에도 낯설게 만들기의 전략이 관여한다. '미안하다' 다음에 '너를 사랑해서 미안하다'라는 통사적 연결 사이에는 아무런 의미론적 인과관계가 존재하지 않는다. 오히려 익숙한 사고들의 관계, 즉 인과의 논리를 타파하는 낯선 즐거움의 세계가 불쑥 솟아오른다.

사랑하다가 죽어버려라

오죽하면 비로자나불이 손가락에 매달려 앉아 있겠느냐

기다리다가 죽어버려라

오죽하면 아미타불이 모가지를 베어서 베개로 삼겠느냐

새벽이 지나도록

마지(摩旨)를 올리는 쇠종 소리는 울리지 않는데

나는 부석사 당간지주 앞에 평생을 앉아

그대에게 밥 한 그릇 올리지 못하고

눈물 속에 절 하나 지었다 부수네

하늘 나는 돌 위에 절 하나 짓네

　　　　—시〈그리운 부석사〉전문

　이 시는 위에서 본 텍스트와는 달리 '낯익게 만들기'에서 시작
하지 않고 '낯설게 만들기'에서 시작한다. "사랑하다가 죽어버려
라"니! 무참히 파괴적인 돌발적인 상상력으로 돌발적인 발화를
던진다. 1행과 2행 사이에는 인과관계가 파괴되어 있다. '오죽하
면'이란 부사가 앞 행 어디를 보아도 어떻게 논리적으로 연결되
는지를 알 수 없다. 의미론적 일탈이 일어난다.

　비로자나불(毘盧遮那佛)은 불교의 진리를 부처님으로 신격화시
킨 법신불(法身佛)이고 비로자나(Vako-cana)는 본래 광명이 두루
비친다는 뜻으로 부처님의 광명을 어디에나 두루 비치게 하는 부
처님인데 '오죽하면 비로자나불이 손가락에 매달려 앉아 있겠느
냐'라는 돌발적인 2행을 암시하기에는 1행 또한 돌발적이고 낯
설기만 하다. 대전 광수사의 대적광전 비로자나불(청동불)에는 오

른쪽 팔꿈치에 상서로운 꽃이 피어났다는 말을 들은 적이 있지만 (이 꽃은 길이가 2센티 정도로 육안으로 식별하기 어려울 만큼 가는 실뿌리를 내렸으며 줄기는 낚싯줄보다 더 가늘며 투명하다고 한다) 부석사의 비로자나불이 시적 화자의 손가락 끝에 매달려 있는 시적 정황에 대해서는 암시가 매우 부족하다. 돌발적인 결합이다. 1행의 순사(殉死)적 사랑, 욕망이 있고 번뇌가 있고 죽음을 권유하는 시적 진술과의 상관 관계에서 미루어 보아도 2행의 의미는 단순하지가 않다.

3행에서도 돌발적인 권유적 진술이 뛰쳐 나온다. 1행과 2행의 돌발적 관계가 3행과 4행 사이에서도 반복된다. "오죽하면 아미타불이 모가지를 베어서 베개로 삼겠느냐"라는 4행도 역시 "기다리다가 죽어버려라"라는 3행과의 사이에서 인과관계가 부서진 의미론적 일탈을 보여준다. 아미타불은 "내가 부처를 이룰 수 있다 해도 내 국토에 지옥, 아귀, 축생이 있다면 나는 깨달음을 취하지 않으리라"라고 말하며 48대원을 세웠다. 아미타 부처는 자기와 남이 다 함께 부처 이루기를 염원하며 성불하였다고도 전해지지만 이 텍스트의 아미타 부처는 자기 "모가지를 베어서 베개로 삼"고 무한정 중생을 기다리는 부처님이다. 3행과 4행의 통사적 연결은 정해진 연상을 부수는 어법이다. 이러한 돌발적인 파격의 어법이 역설과 더불어 텍스트의 쾌락을 생산하고 "부석사 당간 지주 앞에 평생을 앉아/ 그대에게 밥 한 그릇 올리지 못하고/ 눈물 속에 절 하나 지었다 부수"는 시적 화자의 참혹한 그리움을 확대시킨다.

이러한 순사(殉死)적 사랑. 혹은 사랑의 참혹한 힘, 혹은 그 말의 힘은 〈사랑한다〉에서 절정을 이룬다.

> 밥그릇을 들고 길을 걷는다
> 목이 말라 손가락으로 강물 위에
> 사랑한다라고 쓰고 물을 마신다
> 갑자기 먹구름이 몰리고
> 몇 날 며칠 장대비가 때린다
> 도도히 황톳물이 흐른다
> 제비꽃이 아파 고개를 숙인다
> 비가 그친 뒤
> 강둑 위에서 제비꽃이 고개를 들고
> 강물을 내려다본다
> 젊은 송장 하나가 떠내려오다가
> 사랑한다
> 내 글씨에 걸려 떠내려가지 못한다
> —시 〈사랑한다〉 전문

'사랑한다'라는 글, 혹은 말은 목마름을 채워주는 구원의 생명 수가 되기도 하고 몇 날 며칠을 내리는 장대비를 일으키기도 하고 황톳물을 일으키는 횡액의 홍수를 만들기도 하고 송장을 만드는 죽임의 파괴력이 되기도 한다. 이 텍스트에서도 마지막 2행이 역전을 일으킨다. 1행부터 11행까지는 모든 것이 흘러가는 흐름에 대한 묘사인데 "사랑한다/ 내 글씨에 걸려" 송장 하나가 "떠내려가지 못한"다는 의외의 풍경에서 텍스트는 반전과 훼방 형식이 만들어내는 쾌감을 일으키고 독자들은 돌발적으로 낯선 의미 생성에 직면하게 된다.

봄날 미시령에
사랑하는 여자
원수 같은 여자가
붉은 치마를 입고 그네를 뛴다

죄 없는 짐승
노루새끼가 놀라 달아나고
파도 한 줄기가 그네를 할퀴고 지나가자

내가 사랑하는 여자
원수 같은 여자
그넷줄을 놓고
동해로 풍덩 빠진다
　　　―시 〈미시령〉 전문

'붉은 치마를 입고 미시령에서 그네를 뛰는 여자'는 단풍이 붉게 타오르는 미칠 듯이 아름다운 미시령의 가을 절경을 은유하는 듯도 하지만 "사랑하는 여자/ 원수 같은 여자"의 모순어법과 돌발적인 마지막 행의 역전은 텍스트의 쾌감을 생산하며 논리로 설명할 수 없는 사랑이라는 감정의 붉은 바닥을 보여준다. 말할 수 없는 것이 말해지고 드러나지 않던 것들이 드러난다. 무목적적인 열정의 돌연한 행위. 거기에 우리의 타성을 깨치는 선적 비밀이 놓인다.

위에서 보았듯 비논리적인 어투와 병치, 돌발적인 구절들의 돌연한 부딪침, 어리둥절하게 하는 역설, 캄캄한 절벽으로 몰아세우는 것 같은 갑작스런 전환…… 이런 선적인 형식이 그의 시 세계를 동일성의 미학이 흔히 가질 수 있는 매너리즘을 넘어가게 했던 장치가 되었고 그의 절창들은 대개 그런 선적 형식에 기댄 텍스트들임을 확인할 수 있었다.

5. 자본주의의 사창가를 처단하는 참혹한 맑음

초기 시에서부터 정호승 시인은 자본주의의 속악성의 지배를 받는 현실을 사창가에 비유하였다. 〈가을일기〉를 보면 "나는 어젯밤 예수의 아내와 함께 여관잠을 잤다/(중략)/ 김밥을 먹으며 나는 경원극장에서 본 영화/ 벤허를 이야기했다 비바람이 치면서/ 예수가 죽을 때 당신은 어디 있었느냐고 물었다/ 그녀는 말 없이 먹다 남은 김밥을 먹었다/(중략)/ 바퀴벌레 한 마리가 그녀가 벗어논 속치마 위로 기어갔다/ 가을에도 씨 뿌리는 자가 보고 싶다는/ 그녀의 마른 젖가슴에 얼굴을 묻으며 불을 껐다"라고 예수의 아내가 창녀가 되는 자본주의의 끔찍한 현실을 인식하고 있다. 그리하여 자본주의적 지배에서 소외된 소외 계층들—빈자들, 불평등에 시달리는 불행한 사람들, 구두닦이, 무작정 상경한 소녀, 신문팔이 소년, 혼혈아, 맹인 부부, 미친년, 무시래깃국 같은 아버지, 노숙자 등 많은 시에서 자본주의 체제의 그림자를 다루고 있는 것이다.

무서운 속도로 욕망을 확대, 재생산하는 자본주의는 맹렬한 속도로 소외계층을 생산해낸다. 욕망은 욕망을 낳고 욕망은 욕망을 낳아 욕망을 무한확대 반사하는 욕망의 반사경 속에 현대인들의 삶은 처단되어 있다. 화택(火宅) 속에서의 끝없는 유전(流轉)은 현대인의 삶의 조건이다.

'욕망의 반사경'이 거울 비추기 놀이를 하는 가상의 세계 속에서 인간은 갈애(渴愛)와 미혹과 무명과 결핍과 불을 끊을 수가 없다. 구렁이처럼 우리의 몸을 칭칭 감고 있는 탐진치의 카니발, 가상들의 음험한 축제는 시인의 텍스트 안에서 숨막히는 선(禪)적 처단의 대상이 된다. 그 순사(殉死)적 결단으로 인해 속악한 자본주의적 주체는 참혹한 맑음을 얻게 된다.

밥상 앞에
무릎을 꿇지 말 것
(중략)

무엇보다도

전시된 밥은 먹지 말 것
먹더라도 혼자 먹을 것
아니면 차라리 굶을 것
굶어서 가벼워질 것

때때로
바람 부는 날이면
풀잎을 햇살에 비벼 먹을 것
그래도 배가 고프면
입을 없앨 것
―시 〈밥 먹는 법〉 부분

당돌한 느낌을 주는 마지막 2행으로 우리는 절벽 앞에 선 듯한 깨달음 속에서 우리의 욕망을 정화하게 된다. 참혹한 맑음이 나에게 오는 순간이다.

달빛 아래 개미들이 기어간다
한평생 잠들지 못한 개미란 개미는 다 강가로 나가
일제히 칼을 간다
저마다 마음의 빈자리에 고이 간직한 칼을 꺼내어
조금도 쉬지 않고 간다
달빛은 푸르다
강물 소리는 들리지 않는다

개미들이 일제히 칼끝을 치켜세우고
자기의 목을 찌른다
—시 〈개미〉 전문

　이 보잘것없는 이 개미들. 개미들은 개미처럼 살아가는 현대인
의 상징일 것이다. 이 보잘것없는 개미들이 마음의 칼을 일제히
갈고 있는 강가. 고요함. 격렬한 심장의 고동소리. 푸른 달빛의 그
로테스크함. 자기가 가는 마음의 칼끝에 자기가 찔려 죽는 이 아
이러니에서 독자들의 낯익은 기대 지평선은 여지없이 무너지고
르네 마그리트의 화폭 같은 기이한 낯선 세계가 눈앞에 다가온
다. 자해밖에 남지 않은 개미들의 운명의 섬광 속에서 참혹한 맑
음이 뿜어져 나온다.
　그것은 〈혀〉에서도 볼 수 있다.

어미개가 갓난 새끼의 몸을 핥는다
앞발을 들어 마르지 않도록
이리 굴리고 저리 굴리며
온몸 구석구석을 혀로 핥는다
병약하게 태어나 젖도 먹지 못하고
태어난 지 이틀만에 죽은 줄도 모르고
(중략)
어미개는 길게 뽑은 혀를 거두지 않고
밤새도록 허공을 핥고 또 핥더니

이튿날 아침
혀가 다 닳아 보이지 않았다
　　—시 〈혀〉 부분

　이토록 끝까지 가는 사랑이라니! 참혹하다. 맑다. 무서운 절명의 사랑이다. 사랑이라는 그 맹목에 바치는 순교요 본능적 사랑을 초월적 사랑보다 더 높은 곳에 '단숨에' 올려놓는 지극히 격렬한 방식이다. 그의 시는 짧기도 하지만 바로 이런 선(禪)적 처단에 의해 '단숨에' 진실의 본질을 개방한다.
　　또한 그의 시 세계에서 서구 중심의 근대나 자본주의를 극복할 수 있는 새로운 패러다임의 제시로 생태학적 세계관을 들 수 있다. 불교적 상상력이라고 해도 좋다.

날이 밝자 아버지가
모내기를 하고 있다
아침부터 먹왕거미가
거미줄을 치고 있다
비온 뒤 들녘 끝에
두 분 다
참으로 부지런하시다
　　—시 〈들녘〉 전문

　세상은 하나의 연(緣)에 묶여 있다. 아버지와 먹왕거미와 삼라만

상과 나—모두 다 생명의 연에 묶인 생태계의 생명들이다. 아버지가 모내기를 하는 것은 먹왕거미가 거미줄을 치는 행위와 다를 바 없다. 모두 다 생명의 일을 하는 것이다. 이 텍스트에서도 마지막 2행에 반전이 놓여 있다. '두 분 다/ 참으로 부지런하시다'에서 이성중심주의가 자연 위에 군림해온 근대의 폭력적 세계관은 소멸되고 새로운 생태학적 시각이 맑게 솟아난다. 논에서 일하는 아버지의 노동도 비 온 뒤 부지런히 나와 거미줄을 치고 있는 먹왕거미의 노동도 모두 "천지만물이 모두 하나일 따름이고 차별이 없다"는 장자의 말처럼 공경의 대상이 되는 것이다. 〈봄밤〉〈밥그릇〉에서도 그러한 시각은 현대인의 욕망을 구원하고 맑히는 힘으로 제시된다. 자본주의적 사창가를 뛰어넘는 참혹한 맑음의 힘을 시인은 불교의 색채가 짙은 생태학적 세계관과 돌연한 깨뜨림을 통해 깨달음을 갖는 선적 언어에서 찾은 것으로 보인다.

6. 쓰디쓴 상실을 넘어 자유를 얻는다

정호승 시인은 세상에 만연한 관습적 사고를 강하게 부정하며 동시대인이 가지고 있는 타성적 단일주의의 정답을 단숨에 해체시킨다. 그런 면에서 보자면 그는 남들이 그어 놓은 경계를 훌쩍 뛰어넘는 해체주의자의 면모를 가지고 있다고 할 수 있다. 선(禪)적 직관, 선적 부정성이 바로 그런 해체주의적 힘으로 시에 관여하고 서정적 간섭을 한다. 그런 창조적 순간에 시적 비약이 일어난다.

　　룸비니에서 사온

　　흙으로 만든 부처님이

　　마룻바닥에 떨어져 산산조각이 났다

　　팔은 팔대로 다리는 다리대로

　　목은 목대로 발가락은 발가락대로

　　산산조각이 나

　　얼른 허리를 굽히고

　　무릎을 꿇고

　　서랍 속에 넣어두었던

　　순간접착제를 꺼내 붙였다

　　그때 늘 부서지지 않으려고 노력하는

　　불쌍한 내 머리를

　　다정히 쓰다듬어주시면서

　　부처님이 말씀하셨다

　　산산조각이 나면

　　산산조각을 얻을 수 있지

　　산산조각이 나면

　　산산조각으로 살아갈 수 있지

　　―시 〈산산조각〉 전문

귀하게 멀리서 구해온 '흙으로 만든 부처님'이 깨어졌을 때 시적 화자는 원형을 복원하려는 노력을 하려고 한다. 그러나 곧 내면에서 들려오는 부처의 목소리에 따라 그러한 접착제의 노력이 헛되다는 것을 깨닫게 된다. 산산조각을 복구하여 원형을 복원하려는 노력보다는 산산조각 그대로 살아가라는, 원형의 상실을 슬퍼하지 말고 산산조각을 얻은 것을 기뻐하라는 패러독스가 새로운 세계의 문을 활짝 열어준다. 그리하여 우리가 이 시에서 얻는 것은 말할 수 없는 자유의 기쁨과 쓰디쓴 아름다움이다. 소중한 것을 상실할까 봐 우리는 얼마나 조마조마하게 가슴을 졸이며 살아왔던가. 또한 자기도 모르는 사이에 소중한 것을 상실하고서 비통한 애도의 눈물로 얼마나 많은 현재를 망쳐왔던가. 그러한 상실의 강박관념으로부터 해방시켜주는 이 시는 결국 자유라는 가장 큰 영역에 독자들을 도달하게 한다. 상실의 공포를 벗어나고 상실의 잔해를 마주하고 그 상실의 폐허를 넘어 자유를 얻는다는 것. 생로병사라는 상실의 문법을 근원적 조건으로 가지고 태어난 인간이 자유를 얻을 수 있다는 것. 원형을 복원하려고 하지 말고 산산조각으로 살아가라. 원형은 없다, 는 슬픈 이야기 속에서 상실을 넘어 능동적인 자유를 받아들이라고. 해체주의적 자유의 무도(舞蹈)는 그렇게 아픈 상실의 조각조각에 발바닥을 찔리면서 그 아픔을 넘어 이룰 수 있는 것이라고.

그런 산산조각의 자유를 우리는 그의 시 〈묵사발〉에서도 만날 수 있다.

나는 묵사발이 된 나를 미워하지 않기로 했다

첫눈 내린 겨울산을 홀로 내려와

막걸리 한 잔에 도토리묵을 먹으며

묵사발이 되어 길바닥에 내동댕이쳐진 나를 사랑하기로 했다

묵사발이 있어야 묵이 만들어진다는 사실에 비로소

나를 묵사발로 만든 이에게 감사하기로 했다

(중략)

내가 묵사발이 되었기 때문에 당신은 묵이 될 수 있었다

(하략)

─시 〈묵사발〉 부분

　해체주의적 입장을 취하는 시인들은 언어의 의미중심주의를
거부하기에 동음이의어나 역설, 모순어법 등의 언어유희를 즐겨
택한다. 〈묵사발〉이란 시가 보여주는 것도 그렇다. '묵사발'이란
말은 1) 묵을 담은 사발이란 뜻도 있지만 2) 맞거나 하여 얼굴 따
위가 형편없이 깨지고 뭉개진 상태를 속되게 이르는 말이다. 이
른바 같은 소리에 다른 뜻을 가진 의미들이 공존하는 동음이의어
인 것이다. 묵사발의 2)번 의미를 따르자면 그 말 속에는 몽땅 으
깨져버린 자의 자유가 있고 해방감이 있다. '묵사발'이란 말이 주
는 해방감은 한번 망해본 자의 해방감일 것이다. 으깨지고 짓이
겨진 것을 붙들고 '그래도 괜찮다'며 으스러지게 껴안는 정신이
자 '이 모든 괴로움을 또다시!'라는 니체의 영겁회귀의 강력한 긍
정의 정신이 들어있는 것이다. 묵사발이 되는 것을 너무 두려워

하지는 말자,고 시는 말한다. 그리하면 1)과 같이 묵사발이 묵을 모시는 그릇이 되어 고운 당신을 모시는 경지가 나온다. 시 〈묵사발〉이 보여주는 것은 그렇게 아픈 자가 아픔을 딛고 일어서게 하는 역전의 정신과 아픈 자의 아픔을 아픔으로 치료하게 하는 둥근 치유의 힘이다. 우리를 '묵사발 강박관념'으로부터 자유롭게 해주고 그것으로부터의 해방을 열어준다. 그리하여 "내가 묵사발이 되었기 때문에 당신은 묵이 될 수 있었다"고 하지 않는가.

이 시선집에 실린 마지막 시편은 〈새벽별〉이다. 다시 별이다.

새벽별 중에서
가장 맑고 밝은 별은
내가 사랑하는 사람이다

새벽별 중에서
가장 어둡고 슬픈 별은
나를 사랑하는 사람이다
—시 〈새벽별〉 전문

첨성대를 통해 하늘의 별을 우러르던 천문적 상상력의 시인은 이제 별의 사람을 탐색한다. 내가 사랑하는 사람과 나를 사랑하는 사람 사이의 간극(間隙)과 어긋남이 모든 사랑의 운명이기도 하다는 이 슬픈 명제. 시인은 끝내 기독교적 원죄의식을 간직하고 있는 것 같다. 왜 내가 사랑하는 사람과 나를 사랑하는 사람이 일치하지 않는가? 사랑하는 사람과 사랑받는 사람 사이의 메꿔질 수 없는 불일치의 슬픈 간극이 모든 사랑에 존재한다는 그 운명론적 사랑의 역설을 시인은 처연하게 시선집의 끝에 내세우고 있다. 결국 사랑이란 내면의 빛을 모아 스스로 어둠 속에 빛나는 수선화의 외로움일 뿐이란 것인가?

　시업 50년에 이르는 정호승 시인의 시 세계를 두서없이 살펴보았다. 그는 한국의 독자들에게 동일성의 미학에 기초한 시작(詩作)으로 낯익은 느낌을 주면서도 선적 미학과 역설의 언어가 주는 극적 반전으로 인해 낯선 충격을 동시에 주는 진귀한 시 세계를 개척해왔다. 현대시는 어렵고 난해하고 시끄럽고 어지럽다는 비판 속에 많은 시인들이 독자들의 외면을 받고 있는 21세기적 독서 현실과 상관없이 아직도 수많은 독자들의 사랑을 받고 있는 그가 계속 강렬한 섬광의 선(禪)적 충격들을 시 속에 담아 당대인들을 결박하고 있는 속악한 자본주의적 욕망과 정신의 헌 옷들을 격렬하게 다 태워버리기를 바란다. 정호승의 텍스트는 자주 낯익은 것에서 출발하되 선시처럼 '단번에' 낯익은 진부함을 처단하고 '단숨에' 새로운 미지로 뛰어오르게 하는 그 순간의 명멸에서 하나의 깨달음을 준다. 세속을 정화하기까지 한다. 그는 그렇게 낯익은 것에서 낯선 것의 상상력을 길어 올리는, 아주 오래된 시인이자 동시에 아주 새로운 시인이다.

　첨성대처럼 언제나 땅을 고뇌하고 하늘을 우러르며 평생을 한결같이 살아온 시인이 우리 문학의 불멸의 첨성대가 되어 이 힘들고 아픈 현실 속에서도 천상의 별과 사랑의 순수를 부디 오래오래 계속 노래해주기를 바란다.

현실의 부정에서 사랑의 화합으로

—정호승의 시 세계

이숭원(문학평론가 · 서울여대 명예교수)

정호승은 한국의 대표적인 서정시인이다. 1950년에 태어난 그는 1973년에 등단하여 1979년에 첫 시집 《슬픔이 기쁨에게》를 간행한 이후 지속적인 시작 활동을 전개하여 지금까지 열세 권의 시집을 간행했다. 한 시인의 출발점에 놓인 작품은 그의 일생을 좌우하는 창작의 중심 역할을 하는 경우가 많다. 첫 시집에 실린 〈맹인 부부 가수〉에서 그는 "사랑할 수 없는 것을 사랑하기 위하여/ 용서받을 수 없는 것을 용서하기 위하여"라는 말을 했다. 사람의 일 중 사랑과 용서는 정말로 실천하기 어려운 덕목이다. 단순한 사랑과 용서도 실천하기 어려운 일인데, '사랑할 수 없는 것을 사랑하고 용서할 수 없는 것을 용서하는' 일은 더욱 이루기 어려운 사업이다. 그러나 진실을 추구하는 사람이라면 이 일을 수행의 목표로 삼고 평생 노력하고 정진해볼 만하다.

그의 시의 역정을 가만히 들여다보면 그는 이 노력을 멈춘 적이 없다. 어느 경우 불교적 직관의 어법을 취하기도 하고 기독교적 묵상의 어법을 보여주기도 하고 어떤 경우에는 도교적 달관의 몸짓을 보여주기도 하지만, 그의 지향점은 뚜렷하다. '사랑할 수 없는 것을 사랑하고 용서할 수 없는 것을 용서하는' 일에 그의 에너지가 집중된다. 이 일을 제대로 수행하기 위해서는 비속하고 가변적인 거짓의 사랑에서 벗어나야 한다. 용서보다 증오를 앞세우는 각박한 현실과 거리를 두어야 한다. 이 두 가지 요구 사항이 그의 시에 끝없이 긴장을 일으키고 시인의 윤리 의식을 자극했다.

그는 1970년대 억압적 상황에서 시인으로 출발했기 때문에 초기에 암울한 현실을 비유적으로 표현하는 경향을 보였다. 내면의 아픔을 짙게 표출하는 낭만적 어법으로 한 시대의 슬픔을 형상화했다. 그러면서도 슬픔을 표현하는 시가 빠지기 쉬운 감상성이나 허무주의에서 벗어나 앞날의 희망을 염원하는 낙관적인 정서, 슬픔을 극복하려는 기다림의 자세를 형상화했다. 이것은 초기의 유명한 시 〈맹인 부부 가수〉나 〈슬픔을 위하여〉, 〈슬픔이 기쁨에게〉를 읽으면 금방 확인되는 사실이다.

〈맹인 부부 가수〉는 길거리에서 노래를 부르며 동냥을 구하는 맹인 부부의 모습을 소재로 삼았다. 경어체의 부드러운 어조를 사용했지만 우회적인 방법으로 1970년대 한국 사회의 암울한 시대상을 드러냈다. 이 시에 반복되는 "길을 잃었네"라는 말은 우리 모두가 길을 잃고 떠도는 존재라는 의미를 전해준다. 꿈과 희망을 잃은 암담한 현실의 정황 속에서 힘겹게 살아가는 사람들의 모습을 암시한 것이다. 이런 우울한 상황에서 맹인 부부 가수가 부르는 노래가 사람들에게 위안을 주고 갈 길을 열어준다고 시인은 보았다. 이러한 생각은 현실과는 거리가 먼 낙관적인 이상을 제시한 것 같기도 하다. 시인은 거리의 무관심한 사람들과 그것과는 상관없이 노래를 부르는 맹인 부부 가수의 모습을 대비하여 자신이 추구하는 이상 세계의 단면을 제시한 것이다. 암울한 상황을 넘어서기 위한 시인의 낭만적인 소망은 독자들에게 깊은 감동을 주었다.

그는 구체적인 현실에 대한 관심도 시를 통해 표현했다. 〈혼혈아에게〉에서 한국전쟁의 비극을 사실적으로 드러내고, 〈종이배〉에서 분단의 아픔을 노래하는 등 현실 문제의 구체적인 표현에도 관심을 보였다. 그런 경우에도 그가 사용하는 부드러운 언어와 정돈된 운율, 미세한 감정의 파동은 각박한 시대를 사는 독자들의 마음에 위안의 힘으로 작용했다. 서정성과 현실성의 결합이라는 측면에서 보면 1970년대에 가장 성공한 자리에 선 시인이 바로 정호승이라고 할 수 있다.

한국 사회의 정치적 억압은 1980년대에 들어와서도 해소되지 않고 오히려 더 강화되었다. 여기 비례하여 국민들의 민주화에 대한 열망도 강해졌다. 1987년에 나온 정호승의 세 번째 시집 《새벽편지》에 수록된 시들은 절망, 분노, 죽음, 소멸로 규정되는 음울한 시대의 진혼곡이다. 거기에는 훼손된 현실에 맞선 자아의 고뇌와 부끄러움, 시대의 억압에서 벗어나려는 기대와 소망, 억압의 실체를 구명하고 그것과의 대결의 길로 나아가려는 정신의 결의가 새겨져 있다. 그의 초기 시의 기조를 이루던 슬픔의 어조는 더욱 정제되고 심화된 반면, 슬픔을 넘어선 기다림의 자세라든가 인간의 아름다움과 꿈에 대한 긍정의 태도는 상당히 약화되었다. 이것은 1980년대의 시대적 상황이 희망의 예견조차 불가능하게 할 정도로 정신적 압박감을 가중시켰음을 방증한다. 그 결과 절망과 희망을 함께 포용하려 했던 자아의 태도는 자기 변모의 과정을 거치게 된다. 그의 첫 시집에 들어 있는 '용서받을 수 없는 것을 용서하기 위하여'라는 태도는 《새벽편지》에서 '용서할 수 없는 자들을 용서하지 않기 위하여'로 바뀌게 된다. 이러한 태도 변화는 현실적 상황에 대한 시인의 판단과 인식에서 비롯된 것이다.

〈산새와 낙엽〉이라는 시에는 시위 현장이 직접 소재로 제시된다. '최루탄을 쏘자 산새들은 피를 흘리며 날아갔다'라고 썼다. 따스한 상징의 어법을 즐겨 구사하던 시인이 '최루탄을 쏘자'라고 현실의 모습을 직접 말하는 것은 충격적이다. 시인에게는 최루탄이라는 폭력의 행사, 그로 인해 흩어지는 시위 군중의 모습이 하나의 충격으로 받아들여진 것이다. 시인은 흩어지는 군중들을 '산새'라는 연약한 사물로 비유했다. 참담한 현실 앞에 시인은 울고 분노하고 절망한다. 시인은 '별들도 울고 싶은 밤이 계속되었다'고 노래하며 '희망을 버리기로 약속한 시간은 계속되었다'고 노래한다. 이러한 절망과 좌절은 자칫 모든 가치와 희망까지도 부정해 버릴 것 같은 모습을 보인다. 그러나 그는 이러한 위기를 슬기롭게 극복한다. 그는 군중들의 희생의 의미를 되짚어보면서, 사랑과 용기를 추상적인 관념으로 받아들이지 않고 자신이 스스로 실천해야 할 중요한 덕목으로 받아들인다. 자신의 나약함과 상황의 암담함을 인식하면서도 실천에 대한 용기와 의지를 더욱 뚜렷이 자각하고자 한다.

시인은 희망과 사랑을 지키기 위한 노력을 자연에서 발견한다. 그는 하얗게 핀 냉이 꽃, 벼랑에 핀 노랑제비 꽃, 길가에 홀로 핀 애기똥풀 꽃에게까지 사랑의 마음을 확산시키고 거기서 생명의 힘을 찾으려 한다. 눈물겹도록 안타까운 극복의 과정을 거쳐 그는 인간 세상에 바치는 네 편의 〈작은 기도〉를 완성한다. 그것은 1980년대 암울한 현실 속에 피어오른 인간주의적 전망의 휘황한 불꽃이다. 여기에는 절망을 희망으로 바꾸고 죽음을 창조로 변화시키려는 시인의 소망과 의지가 새겨져 있다. 그러한 소망을 모아놓은 시집이 네 번째 시집 《별들은 따뜻하다》(1990)이다.

그로부터 7년의 공백을 깨고 연이어 발간한 《사랑하다가 죽어버려라》(1997), 《외로우니까 사람이다》(1998), 《눈물이 나면 기차를 타라》(1999) 등 세 권의 시집은 독자들의 사랑을 받아 단기간에 상당히 많은 판매 부수를 올렸다. 그래서 어떤 사람은 현실의 아픔을 노래한 시인이 대중 시인으로 전락한 것이 아니냐고 오해하기도 했다. 그러나 이 세 권의 시집은 대중의 얕은 감성을 겨냥한 시집과는 판이하게 다른, 매우 높은 시적 향취를 머금고 있다. 그런 점에서 그의 시는 대중에게서 멀어진 현대시가 어떻게 대중에게 다가와야 하는지를 모범적으로 보여준 선구적 사례로 제시될 만하다. 서정시가 대중에게 사랑을 받으면서도 정신의 기품을 유지하는 방안을 모색한다면, 이들 시편이 보여준 가능성에서 유용한 해답을 찾을 수 있을 것이다.

그는 단순한 형식 속에 반복과 절제를 통해 자연과 인간의 다양한 양상을 표현했다. 때로는 슬픔을 노래하고 때로는 인간사의 잔잔한 기쁨을 표현하는데, 어느 경우에나 중요한 요소로 작용하는 것은 절제의 정신이다. 감정의 절제를 유지하는 가운데 서정적 감흥이 저절로 솟아나오도록 했다. 감상적인 비가(悲歌)에 머물 수 있는 소재에 간결한 수식어와 암시적 표현을 첨가하여 감정의 균형을 취하게 함으로써 아름다운 서정시로 승화시킨다. 그가 사용하는 절제의 언어는 화려한 수사보다 우리를 맑게 정화시킨다.

이와 아울러 초기 시부터 지금까지 그가 즐겨 구사하는 것은 동화적 상상력이다. 이것은 그가 동시로 먼저 등단했다는 사실과도 무관하지 않은 것 같다. 예를 들면 갈대들이 나룻배를 사모해서 나룻배가 다른 데로 가지 못하도록 겨울을 불러들여 남한강을 얼어붙게 했다고 상상한다. 이러한 동화적 상상력으로 자연과 인간은 자연스럽게 소통하고 외부의 정경과 자아의 내면이 아름답게 접촉하고 교류한다. 달팽이가 비 맞는 시인의 머리에 우산을 받쳐주기도 하고 바닷가의 맑은 햇살이 지하철에서 행상하는 노파의 손등을 밝혀주기도 한다.

이러한 소통과 교류가 동화적 상상의 세계 안에서 이루어진다는 것은 현실 속에서는 그것이 불가능하다는 사실을 역으로 드러낸다. 결과적으로 그것은 존재의 외로움을 환기한다. 정호승 시에서 외로움은 오히려 긍정적인 의미를 지닌다. 외로운 자가 아름답고 외로운 자가 순수하다. 그런 의미에서 외로움은 자발적으로 선택한 것이다. 일반적으로 사람들은 외로워서 못 살겠다고 한다. 그러나 외로움이 인간이 순수해질 수 있는 근원이라고 생각하면 오히려 외로움은 인간이 기댈 수 있는 편안한 감정 영역이 된다. 외로움을 이불로 삼고 집으로 삼을 때 새로운 세계가 열린다고 그는 노래한다.

그런데 이렇게 외로움을 선택할 수 있는 사람은 사실은 여유 있는 사람이고 축복받은 사람이다. 세상에는 본인이 원하지 않았는데도 어쩔 수 없이 사회로부터 소외되어 막막한 삶을 사는 사람들이 있다. 먹고살 수가 없어 가족과 헤어져 외톨이로 떠도는 사람에게 '울지 마라/ 외로우니까 사람이다'라고 말할 수는 없는 노릇이다. 그들에게 시인은 연민의 눈길을 보내고 아무런 도움도 주지 못하는 자신의 무력함을 자책한다.

소외 계층에 대한 연민과 사랑 역시 정호승의 초기 시부터 이어져오던 주제다. 첫 시집《슬픔이 기쁨에게》에서부터 맹인 부부 가수, 혼혈아, 맹학교 학생, 거지 소년, 구두닦이 소년을 소재로 소외 계층의 비애와 아픔을 표현해 왔다. 시간이 지나면서 소외 계층에 대한 관심은 상징의 어법에 의해 훨씬 압축되고 정화된 형태로 나타난다. 가령 〈나의 조카 아다다〉라는 시를 보면, 시의 화자는 가난한 산동네에 살림을 차린 청각 장애의 조카 집을 방문한다. 조카가 살아가는 모습에서 그는 사랑과 평화가 맑은 시내를 이루고 '지상에서 가장 고요한 하늘이 가득 내려오는 것'을

본다. 청각 장애인 조카, 그녀와 수화를 나누는 딸, 건축 노동자로 일하는 남편, 이들을 시인은 달팽이라고 명명한다. 아침 이슬처럼 순수하고 무죄하기 때문에 더욱 쉽게 밟히는 달팽이. 그들의 삶은 아름답고도 슬프다.

그의 시에는 불행하고 서글픈 삶의 모습이 많이 나온다. 의류 공장 흐린 불빛 아래 재봉틀을 돌리는 여공, 폐광촌 단란주점의 검게 시든 여인, 돈을 벌려고 서울로 몰래 길 떠나는 외로운 소년, 눈 내리는 겨울밤 허름한 음식을 파는 소년, 아들을 잃고 술에 취해 떠도는 아버지 등 가난한 사람들이 나오는데, 시인은 절제의 어조를 유지하면서도 그들을 연민 어린 눈길로 바라보며 그 속에서 슬픔과 함께 아름다움을 발견하려 한다. 어떻게든 그들을 감싸 안고 사랑하며 도움을 주려 한다.

그러면 시인 자신은 이런 시를 쓰는 것 외에 소외받는 사람들을 위하여 무엇을 하였는가? 그의 시의 외로움과 슬픔은 바로 여기에서 온다. 참담한 삶의 실상을 목격하면서도 그들의 발을 씻어주지 못하고 관찰만 할 수밖에 없는 자신의 처지가 외로움과 눈물을 불러일으킨다. 그의 시는 연민과 안타까움 옆에 무력한 자아의 괴로움, 자아 성찰과 자기반성의 자리를 마련해 놓았다. 자기비판과 자기반성이 옆에 놓여 있기에 소외 계층에 대한 연민도 진정성을 확보하게 된다. 그가 바라는 삶의 모습은 서로가 서로의 발을 씻겨주고 다른 사람의 눈물을 닦아주고 먼지를 닦아주어 사랑과 평화가 시내처럼 흐르는 모습이다. 그러한 장면을 꿈꾸기만 할 뿐, 실제의 삶에서는 소외와 고통이 이어지고 그것을 해결할 능력이 자신에게 없다는 사실 때문에 그의 슬픔과 외로움은 더 커진다.

시인에게 한 가지 위안이 되는 것은 자연의 순정한 아름다움이 아직 존재한다는 점이다. 노란 애기똥풀이 절벽에 뿌리를 내리고 피어나는 것, 겨울에 함박눈 환히 내리는 것, 봄비가 나뭇잎을 닦아주는 것, 쥐똥나무 그늘에 첫눈이 쌓이는 것, 이 모든 것이 아름답다. 이 아름다움이 계속 유지되도록 하려면 생명을 사랑하는 마음을 모든 사람 가슴속에 심어주어야 한다. 지구 안의 모든 생명체가 자기가 있어야 할 그 자리에서 생명의 힘을 키우고 서로 조화를 이룰 때 진정한 아름다움이 조성된다. 나무는 숲에서 무성히 자라고 물고기는 물에서 힘차게 뛰놀아야 아름답다. 베어진 나무는 참혹하고 낚시에 걸려 퍼덕대는 물고기는 처참하다.

자연 만물이 대등한 가치를 지니고, 평화롭게 공존하며, 조화를 이루는 상태를 시인은 꿈꾼다. 인간과 자연을 차별하지 않고 대등하게 보는 자세를 가질 때 노란 애기똥풀 옆에 같이 똥을 누며 웃음을 나누는 상상도 하고, 나무와 결혼하겠다는 소원도 가질 수 있다. 나무의 결혼식도 지켜보고 나무의 첫날밤도 엿보고 나무와 결혼하겠다는 생각을 하는 것은 자연과 인간을 대등하게 보는 태도다. 앞에서 동화적 상상력이라고 언급한 내용이 단순한 상상력의 문제가 아니라 세계관의 문제이며 그 배면에 독특한 생명관이 담겨 있음을 깨닫게 된다. 자연과 인간을 동등하게 보는 세계관 속에서 나무는 사람의 애인이 되고 어머니가 된다.

〈서대문공원〉이라는 시에 나오는 나무는 사람을 자식으로 두었다. 서대문공원은 옛날 서대문 형무소가 있던 자리에 세워진 공원이다. 사형 집행장 정문 앞자리에 한 그루 미루나무가 서 있다. 그 미루나무는 사형 집행이 있는 날이면 외로운 사형수들의 어머니 역할을 하며 울지 말고 잘 가라고 앞길을 당부했다는 것이다. 그러고는 몇 날 며칠 바람에 몸을 맡기고 흐느꼈다는 것이다. 외로이 죽어가는 사형수들의 어머니가 되어 그들을 위해 울어주고 앞길을 빌어준 존재. 사람도 못할 그 일을 오랜 세월을 대신해준 존재가 그 미루나무다. 물론 이것은 시적인 상상인데 평범한 미루나무를 인간과 대등하게 바라보는 독특한 상상이 인상적이다.

정호승은 천주교인이지만 불교의 세계관에도 관심을 갖고 있다. 불교에서는 생명체를 포함한 천지 만물이 대등한 가치를 지니고, 평화롭게 공존하며, 조화를 이루는 상태를 참된 진리의 세상이라고 한다. 그런 세상을 인격화하며 부처님의 몸이라고도 한다. 눈에 보이는 모든 것이 부처님의 모습이고 귀에 들리는 모든 것이 부처님의 말씀이라는 말이 있다. 부처님 세상에서 모든 개별적 자연 현상은 진리의 드러남이다. 꽃 피고 새 우는 것도 진리의 드러남이고 잎 지고 비 뿌리는 것도 진리의 가르침이다. 사람은 사람의 일을 하고 짐승은 짐승의 짓을 하는데 그 둘이 따로 있는 것이 아니라 부처님의 한 몸으로 연결되어 있다고 본다. 따라서 사람과 자연은 구분되지 않는다.

〈들녘〉이라는 시에서는 들에서 모내기를 하는 아버지와 풀숲에서 거미줄을 치는 왕거미를 제시하고 '두 분 다 참으로 부지런하시다'고 말한다. 아버지와 왕거미는 다른 존재고 그 둘이 하는 일도 다르지만 아버지의 모내기와 거미의 거미줄 치기를 동등한 것으로 보고 서술한 것이다. 인간과 자연을 차별하지 않고 대등하게 보는 시선, 이것이 불교적인 생명 인식이다. 이것은 시인이 불교적 지식을 배우고 실천했느냐 하는 것과는 전혀 다른 문제다. 생명에 대한 깊고도 오랜 관찰과 사색이 인간과 자연을 대등하게 보는 자리로 자연스럽게 이끌었다. 이런 인식을 가진 사람이라야 사소하게 보이는 자연 정경에서 진정한 부처의 모습을 찾을 수 있다.

현실 세계의 각박함 속에는 눈물과 외로움이 있지만 자연 동화의 너그러움 속에는 동심의 미소가 있다. 그의 시집에는 눈물만 있는 것이 아니라 동심의 미소도 들어 있다. 현실의 눈으로는 슬픔을 보지만 동화적 상상력으로는 천진한 미소를 본다. 그런데 흥미로운 것은 슬픔과 미소가 따로 있지 않다는 점이다. 그가 본 슬픔은 미소를 감춘 슬픔이고 그가 보여준 미소 뒤에는 슬픔의 또 다른 얼굴이 있다. 노숙자 가족의 가슴 아픈 형편 뒤에는 어머니의 자애로운 미소가 있고 아기 부처의 천진한 미소 뒤에는 타락한 세상의 삭막함이 있다. 그는 어느 한 면만을 보지 않고 이 두 측면의 부딪침을, 그 아이러니를 우리에게 보여준다. 바로 이 점이 정호승의 시를 다른 시와 구분 짓게 하는 중요한 요소다.

세 권의 시집을 연이어 낸 후 5년의 공백기를 거친 시인은 다시 3년 간격으로 시집을 출간했다.《이 짧은 시간 동안》(2004), 《포옹》(2007),《밥값》(2010),《여행》(2013),《나는 희망을 거절한다》(2017),《당신을 찾아서》(2020) 등이 그것이다.

여덟 번째 시집인《이 짧은 시간 동안》에도 노숙자, 독거노인, 지하철 자살을 시도한 여인, 영등포역의 늙은 창녀 등 가난하고 소외된 사람들이 많이 등장한다. 동화적 상상력도 활발하게 작동하여 산산조각 난 불상(佛像)이 시인의 머리를 쓰다듬기도 하고, 전기구이 통닭집 오븐 속의 통닭이 시인에게 훈계를 하고, 장례식장의 미화원 아주머니가 영안실 바닥에 앉아 주섬주섬 꽃을 주워 먹고, 맹인 소녀가 식물원에서 나무들이 달아준 눈을 얻는 상상도 한다. 그런데 시인의 눈길은 전보다 훨씬 따스해져서 현실에서 고통을 겪는 사람들을 위로하고 그들에게 고통을 넘어설 수 있는 지혜의 길을 안내한다. 그 작품이 유명한 〈산산조각〉과 〈바닥에 대하여〉다. 이 두 편의 시는 다른 시에서 맛보지 못한 지혜의 담론을 선사한다. "산산조각이 나면/ 산산조각을 얻을 수 있지/ 산산조각이 나면/ 산산조각으로 살아갈 수 있지"라는 구절은 어느 경전의 가르침보다 우리에게 위안을 준다. "바닥까지 걸어가야만/ 다시 돌아올 수 있다고", "바닥은 없기 때문에 있는 것이라고/ 보이지 않기 때문에 보이는 것이라고/ 그냥 딛고 일어서는 것이라고"라는 구절 역시 좌절의 궁지에 몰린 사람에게 힘을 주고 용기를 준다. 이 시편은 21세기에 들어와 격변의 상황에 제대로 대처하지 못한 많은 사람들의 마음을 따뜻하게 감싸 안는 은수자(隱修者) 역할을 했다.

《밥값》은 시인이 회갑의 나이에 출간한 열 번째 시집이다. 이 시집에는 삶에 대한 단단한 의지와 인생을 성찰하는 경건한 자세가 더 강화되어 나타난다. 자기반성의 태도도 강화되어 자신의 지난 잘못을 뒤돌아보고 새로운 삶의 의욕을 뚜렷이 한다. 남루한 현실에서 하루하루 거친 삶을 이어가는 가난한 사람들에 대한 연민과 무력한 자신에 대한 죄의식을 자신의 온몸으로 받아들이려 한다. 어떻게든 희망과 사랑을 잃지 않으려는 시인의 목소리는 더욱 묵직한 감동을 준다. 그리고 시인은 이제 자신의 나이를 자각하면서 죽음에 대한 명상도 한다. 그러나 죽음을 기피의 대상이 아니라 자신에게 반성과 성찰을 유도하는 거울과 같은 대상으로 파악한다. 삶과 죽음에 대한 인식이 더욱 깊어진 것이다.

열한 번째 시집 《여행》에도 이러한 특성은 그대로 지속된다. 조금 달라진 것이 있다면 타인의 고통에 대한 연민이 더욱 깊어지고 자신에 대한 태도가 더욱 엄격하고 가혹해졌다는 점이다. 나직하면서도 강직해 보이는 그의 기도가 눈물 어린 연민과 엄격한 자책을 포용한다. 그것은 간절한 사랑의 기도로 이어진다. 어두운 현실에서도 '희망의 푸른 그림자'를 추구하는 그의 기도는 어떠한 상황에도 멈추지 않는다. 그의 기도는 마치 성직자의 기도처럼 따스하면서도 정결한 엄숙성을 지닌다. 그것은 기도로 정화된 순례자나 수도자의 모습을 연상시킨다. 몸이 '늙어간다고 사랑도 늙겠느냐'는 그의 시구는 그의 평생의 창작을 집약하는 말이다. 현실 부정의 절망 속에서도 그는 연민과 사랑을 끝까지 지켜냈다. 그리고 그것을 더욱 경건하게 고양시켰다. '사람이 여행하는 곳은 사람의 마음뿐'(《여행》)이라는 시구처럼 그는 50년 동안 줄기차게 사람에 대한 연민과 사랑으로 시를 써왔다.

열세 번째 시집《당신을 찾아서》는 이러한 탐구의 연장선상에 놓이면서도 그것을 넘어서는 발상과 인식의 전환이 있다. 발상과 인식의 전환을 통해 순수의 뿌리를 탐색한다. 그는 엉뚱하게 새 똥으로 자신의 눈을 맑게 씻는 상상을 하고, 먼지로 밥을 지어먹는 것을 꿈꾸고, 비 젖은 종이 박스를 뜯어 맛있게 먹는 할머니의 모습을 제시한다. 현실에서 볼 수 없는 이런 상상은 순수의 뿌리를 보여주려는 노력이다. 순수함의 근원에 이르려면 현실의 차원을 떠나 보통 이상의 구도적 수행을 해야 한다는 뜻이다. 먼지나 새똥이나 종이 박스 조각이 되어 가장 낮은 곳으로 내려갈 때 진정으로 순수한 존재가 되고 우리가 추구하는 절대적 존재를 만날 수 있다는 뜻이다. 이것을 우리는 '빈자(貧者)의 기적'이라는 말로 포괄적으로 이해할 수 있다.

이 생각은 50년 전의 시에서 말했던 사랑할 수 없는 것을 사랑하고 용서받을 수 없는 것을 용서하겠다는 마음의 새로운 표현이다. 보지 못했던 것을 새롭게 보고 만질 수 없던 것을 새롭게 감촉할 때 비루한 세상을 넘어서서 순수한 세상으로 나아갈 수 있다. 그 고비를 넘어서야 비로소 당신을 만나고 축복을 얻는 기적을 이룰 수 있다. 우리가 진정한 의미의 영원을 꿈꾼다면, 진정으로 '당신'과의 만남을 기원한다면, 세상의 한정된 감각에 갇히지 말고 발상의 전환을 동력으로 삼아 영혼의 영역을 새롭게 일구어야 한다. 그것을 우리의 희망으로 삼자고, 봄비에 젖는 달팽이의 음성으로, 시인은 되풀이하여 노래했다. 그 노래는 앞으로도 변함없이 지속될 것이다.